春語

藍晶 著

獻給

熱愛文藝者

自序 人生的春天

藍晶

在這變動頻繁的大時代裡，有位隱居山中的藝術家，如此熱誠洋溢地作畫為文，長論滔滔地一浪接一浪，在報端湧現，望能竭盡藝文之力，帶給徬徨無助的世人溫馨。他寄送我多幅畫作影印，其中一幅〈春的仙子〉最令我傾心。正好我手邊有六十多篇散文待付印，瞥見案頭那散發著春天氣息的少女，突生妙想，何不讓她登上我的封面？徵得他的同意，而有此美麗的外觀。

約在七、八年前，美國的電腦軟體市場嚴重不景氣時，外子失業，我曾在一首春詩上寫道：

淡淡的三月天
最怕見杜鵑
紅紅紫紫地

又出來冒喧
這黯淡消頹的世界啊
已不配她們的純真展現……

可見若無喜悅之心，春景再美亦是愁。而目前美國情勢的崩潰危急，較之過往，更是有過之無不及，其驚恐不安已擴展波及全世界。在這多數人如履薄冰，岌岌可危，謀生的飯碗可隨時跌碎之際，又如何來面對這年年旖旎的春天呢？

春景原是為歷盡嚴苛寒冬考驗者而展現，但願這個春天依然帶給世人希望。相信沒有永恆的黑暗，沒有不走的冬天。只要靜沉下來，降低快樂的尺度，心中對著點滴的擁有生出浩瀚的感恩，時時刻刻就是春天啊！但願我們的心境是：

淡淡三月天
最喜見杜鵑
和風暢日溫冰心

姹紫嫣紅慰寒魂

感恩天賜春！

最後特別感謝旅美藝術家陳文澤先生的慷慨供畫，使此書能穿上美麗的春裝；也非常感謝文友吳玲瑤女士的善意推薦，得以接洽到秀威資訊公司，使此書順利呈現。

二〇〇九年三月六日 於美國亞特蘭大

目次 *contents*

卷二・景

卷三·賞

卷四·悟

卷五·析

卷一·情

不捨讓它溜走

媽媽說，我小時候是她帶得最辛苦的一個娃娃。不只因我胖滾滾的，噸位最重，讓她背得辛苦，連晚上也沒能讓她休息。因為我不愛睡覺，愈晚，兩眼愈睜得圓溜溜的，雖是安安靜靜不吵鬧，就是不肯睡……。

讀書時代，功課繁多，自然早睡不了。婚後來美，驚喜於大環境之清幽，為了暢享清晨，晚間總乖乖早歇。但偶而，幼時的「毛病」還會襲來，總想在夜深沉時再做點什麼，才不枉過了一天。受不了每日的「成績」不過是些忙不完的家事與廚事，沒有讀讀寫寫是難以忍受的空白。於是有時過了晚間九點，還會在書桌上或床几旁、夜燈下拉雜零碎地磨個沒完。有時甚至癡坐床上，就是不愛入睡，好像在這天溜走之前，要多「賴」些時候。結果總是無可奈何，當睡神來襲，得一天送走一天。多希望這裡是人間天上，一天如一年，可以讓我磨蹭個夠。雖有時不夠早睡，比起一般年輕人，還算有分寸，不會遲過午夜；早晨雖不是摸黑就起，還趕得上晨氣清新時出外散步。

其實時光從來沒有一秒可讓我們逮住，想去抓住日子的心態是可笑的。這是一份無可奈何的執著啊！何時能洒脫自在，隨其來去？「山中無曆日，寒盡不知年」啊！

二〇〇八年五月二十九日

夏日隨語

天熱，已無法「正經」地吃一餐，總是零碎地弄點消暑小品。有時是土司麵包夾馬鈴薯沙拉，有時是冷香蕉加碎核桃，有時是冰豆花混綠豆湯，簡單清爽又舒暢，邊聽窗外響得遍林遍野的蟬鳴……。今日午後，伺候了老爺子蘿蔔糕（媽媽的傳授，自己刨絲蒸的），我自己從冰箱中取出一把冷香蕉切片享用，不禁思念起瑞壽九十四、已過世半年多的婆婆，是她老人家告訴我，如何在夏天裡，將熟透的香蕉置冰箱冷藏再取出，像吃冰淇淋，以及如何蒸饅頭，如何炒米粉……。娘家媽媽也教我做豆花、包粽子、蒸蘿蔔糕……。兩位老人家交相地指點傳授，使我一介書生，能受益滿滿。想想中國人過去的大家庭，雖難免有相處的齟齬磨擦，但有其存在的道理，是年長者對年輕一代的經驗傳遞啊！

今早，給一位美國朋友回信，就特別提到我們華人的尊老、敬老，以及強固的家族觀念。她在來信中抱怨，她兒子和媳婦大小事情都不通知她；媳婦懷孕了，不告訴她是男是女；兒子入院開刀，她都不知道……她好像已被年輕的一代冷落、排除了。我安慰她，這是美國現今社會的普遍現象，年輕人要長大、要獨立，已不愛受掌控、受指揮了。問題是這種隔閡已失去了諸多學習的機會。回想我自己在邁阿密那段每年當六個月媳婦的日子，雖然艱辛，實在獲益良多。年輕人不愛吃苦頭，也就吃不到甜頭。我對她誇說，我們華人的祖父母在家族中，還是挺威風的呢！可以發號施令、接受尊崇，高居家族樹上之頂冠。她要是去台灣，就可變成皇后呢！其實，世風日下，但願過去的傳統，仍在華人的社會中穩固依然。

家有一老如有一寶，希望長者都能受到應得的尊重與珍惜。社會再演變，人類的倫常不可失啊！

二〇〇五年七月十五日

好人太多

台灣作家張曉風女士曾寫過一篇〈種種可愛〉，描述她在台北遇到的好人太多：多次在公車上有人贈票、有誠實的鞋匠、有義務指點小販弄外銷的陌生女子……。這回我在台北，的的確確遇到熱心的好人。

住在娘家民生社區那短短幾天，紮紮實實利用每天的晨光。總等媽媽做完早課，用過早餐，就隨她老人家四處遊逛去。此社區的中小型公園之多，大概是全台北之冠。除了過街斜角較大的民權公園外，幾步路就是個小公園，都維修得乾淨整齊，遍植可愛花草，任早起者做操健身，或與人搭訕聊天。媽媽因數月前不慎摔傷左肩，動過手術，大弟已不放心任她四處行走遊蕩，為她備了輪椅，讓印尼女傭推著遊去。她老人家哪肯傻坐著？雖將屆八九高齡，在輪椅上仍活潑地到處指指點點：右邊是民權公園，這是富錦公園，那是新中公園，從前頭往左拐，直下斬過民生東路再向左彎，就是民生公園，那邊的公園較大

們直驅民生公園。啊！她的「胃口」愈來愈大，已不滿足附近的小公園，開始慫恿女傭阿妮帶我

好難得的暖冬！我在台北那些天，除了一小陣寒流過境後，就一直是乾晴的好天氣。就這麼個晴美的早上，我跟著阿妮和媽媽三人來到民生公園，已有一隊女子在專注地練土風舞。阿妮找她的印尼同伴聊天去了，我歇坐在媽的輪椅邊，附近零落有賣雜物的小販。地攤上一矮小的老婦人，看到媽媽，溢著滿臉的笑走過來打招呼，顯然她們認識：

「老菩薩！怎麼好幾天沒看到妳過來？」

媽笑回道：「我每天都去民權公園，這裡較少來。這是我女兒，剛從美國回來。」

老婦人的笑臉轉向我：「來！小姐，到我攤上看看，要什麼儘管拿。現在不景氣，我也別想會賣出多少。來，看看！」

我隨她過去瞧，見有一包包的各色拉鍊、各種鬆緊帶、各樣鈕扣等等，我忍不住輕呼：「啊呀！都是我做衣服常用的，現在的年輕人哪裡還做衣服呢？可惜我的行李真是放不下。」我婉謝了她的好意。

回到媽身旁，見一陌生太太在對媽端詳。

「您看來好雍容福氣，怎麼我天天來這裡，倒沒見過您？」

媽笑了：「這邊遠，我比較少來。」

接著她問起媽媽的年齡，她吃一驚：「看不出來唷！您還這麼勇健。」

我在旁接腔：「是啊！她在輪椅上還好動得很呢！在家也行動自如，要不是摔傷肩膀，我們也沒想到她需要輪椅。」

接著這位太太細問媽媽的傷勢，媽說目前手臂還不大能舉高，會酸痛。後來不知怎麼聊下去，這位陌生太太居然立起身來，要我們跟她回家，她有上好的藥膏可以舒解酸痛。於是我們真的跟在她後頭，一路迂迴來到光復北路，她建議讓阿妮陪媽媽在人行道上等著，由我隨她穿過馬路和一些巷弄，來到她住家公寓樓下。須臾功夫，她已下樓來遞給我寶貝藥膏，再領我走出巷口，望到光復北路，她才放心離去。

一路上與她聊天時，才得知原來步履矯健、有著細滑且泛著光澤膚色的她，居然已年屆八十！這好心而健康的台北人啊！算是台北的一種可愛吧？

二〇〇八年十二月二十一日

寒夜的尋覓

耶誕節近，昨夜，又寒又雨的，偏偏小女和好友約在附近鬧區一餐館聚聊，少不了我這媽媽一番接送。接回女兒，在暗雨中前進，眼前的雨刷不停地晃動，周遭燈影朦朧，不知為何，心中不期然哼起一首十多年前的舊曲：黃鶯鶯的〈哭砂〉。太久未去重溫，除了旋律，竟將歌詞忘得一乾二淨。

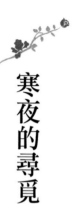

雖說一般的流行歌曲，被視為靡靡之音，要清淨修心者，最好不要戀入其中。其實有些詞曲俱美，蠻清新雅緻的，偶而哼唱，也像回到從前，解解鄉愁。

且說這首〈哭砂〉，是十多年前剛搬來亞城時，沒什麼朋友，外子熱切地跑中國城而引進的。當時他抱回不少「就在今夜」的錄影帶，聆賞了不少遠在太平洋彼岸的流行曲，兼熟悉了不少歌星，其中以許景淳和黃鶯鶯的氣質台風最吸引我們，我們也最愛她們的〈玫瑰人生〉和〈哭砂〉。後來外子為了工作，到處出城到處跑，哪裡還聽歌？我是挺被動的，他不在，我也沒歌聽。這一疏離，竟是十多年，是段沒有歌的忙碌歲月。是這淅瀝的寒夜，使我的鄉愁加重些？為何昔日的旋律又襲上心頭？總之，回到家，受不了哼著沒有歌詞的旋律，一番搜尋，尋出舊日的錄影帶，再請出久違的黃鶯鶯，讓她再唱出一句句的旖旎。在她慢悠悠的傾訴中，我取出紙筆，振筆疾書，將一句句詞兒抓住，才好自己唱啊！不再茫然，彷彿踏實了。

人多奇妙呵！無法照公式來活。偶而還得尋點什麼，才覺落實些，舒服些。所謂「心情」，雖要修「心」，還得讓它有點「情」來撫慰麼？年輕人喜歡陶醉於兒女私情的漣漪中，其實若將之擴展為對眾生的長情大愛，會是多美的一片溫柔情海啊！曾經，在學生時代，我和無數台灣的女孩子一樣，喜歡哼唱著「星光點點，夜霧迷離……」、「這正是花開時候，露濕胭脂初透……明月照滿西樓……」人海幾經波折，再回頭，並不否認那些小漣漪的美，反覺對寫詞作曲者滿懷感恩，那些首溫柔曾多麼適時地伴我度過一段愁喜交纏的年輕歲月啊！千江有水千江月，一首美麗的詩歌，滋潤了多少女孩的心？美化了多少女孩的情？

「你是我最痛苦的抉擇，為何你總不放棄漂泊？……風吹來的砂冥冥在哭泣，難道早就預言了分離？」你呵，我呵，早就在心中遠去淡去。在這濕濕的冬夜，只想覓些文學與音樂交流的美感，抒解點遠離親人、久滯異邦的情懷吧？

二〇〇四年十二月二十三日

悲喜重逢

在加州多年的表哥，最近藉出差之便，來亞城看我們。細數，有十七年沒見了。上回聚面，還是我們首次回台，在餐廳的酒席上。當時他仍是單身漢，在眾多舅姨叔嬸間，舉起酒杯，對著歲數大我不少的外子，居然敬稱「姊夫！」惹來哄堂大笑。二舅舅沉不住氣：「小容不是比你小嗎？」我媽媽趕緊接腔：「是啊！稱呼她先生名字就行啦！」這幕笑劇還在腦中，居然晃去了十多年。這回再逢，他也已結婚，也已生子，且看他變成何等模樣？還是那吊兒郎當、高高瘦瘦的帥表哥嗎？門鈴響了，來了！我稍帶緊張地去開門。

門開處，乍然相見，覺得他面容如昔，忍不住脫口而出：「你沒有變嘛！和以前一樣呢！」想不到他回道：「怎麼會一樣？不一樣啊！我比以前年輕呢！」天！這人還是一樣幽默，我以為對他夠恭維了。接著，他評起我來：「怎麼還是北一女的髮型？怪不得看起來年輕！」外子下樓來了，這回且看他們如何相見。表哥該不會再次糊塗，稱他「姊夫」吧？以為會直呼其名，也不是呢！只見他瀟洒地大踏步趨前，又是鞠躬，又是握手，尊敬地稱聲：「妹夫！你好！」教我直想笑，禮貌依舊嘛！還來不及坐下細聊，外子就催著進中國城喫「飲茶」去，唯恐晚一刻去，得「罰站」。

來到館子，我們團團圍坐，啜著香片，品著美點，這才靜下來，細聊往事。先探候二舅舅、二舅媽，又三個活潑美麗的表妹們近況可好？他又如何結識表嫂的？十多年來，音訊斷隔，對於他們家是一片空白，這才點滴地添了進去。原來他夫人是漂亮的空姐，婚後告別絢爛，一心持家。又隨他飄洋過海，奮鬥異鄉。子女稍長，又在家兼職。逆來順受，任勞任怨，卻美麗如昔，溫柔依舊。提到她，他眼中亮著光，還帶著淚光吧？他心疼她的兼職忙碌，他自疚在經濟上未能獨挑，數年來，建築業深受不景氣的衝擊，使他一度搖搖欲墜……他羨慕我不用去掙一份薪水，卻有寬敞的住宅、厚實的汽車……

茶涼了，菜冷了，我們心中好像都餘下不少悽愴。他言中意下，彷彿對我們有無比的欽羨。他可知我們也自艱辛中走來？看得見的其實不是最重要的。多年來，我苦苦追求的，不過是身體的健康和心靈的舒適。世人都太可憐、太忙碌了，「謀生」原來如此折人！物質的相較，永不能平；物質的追求，永不能止。其實只要生活過得去，又身心健康，每個人都該快樂。讓心中常存一泓清水，喜悅自然生出，毋庸外求。他可知我十多年來未上影院，絕少暢看電視？每天奔忙於繁瑣的家務中，窗外的松濤鳥語就是最大的慰藉，從不敢奢想旅遊玩樂。時間太短，我們談不到這些。

匆匆一聚，又得匆匆告別，各自奔波。「何時到加州？」他問了，我真的不知道。

一九九四年七月一日

愛是分擔

幾乎是每天，他下班回來，總帶著疲累。怎不累呢？不提工作，光是在飛馳的高速公路上，在擁擠的喧亂車陣中，一路飛奔衝刺，回到家來，怎不渴望歇歇？報紙和晚餐等著他去鬆弛享用，我是一切包著做，半點家事也不敢讓他碰了。

熱中長跑的兒子最近提到要買特種跑鞋，這附近的鞋店沒有，得到較遠的雷那斯廣場才有專賣店。兒子剛拿到駕照，實在不放心讓他遠征。而我這人開車，向來沒見過「大陣仗」，遠的不去，複雜的不去，能走動周旋的範圍就很受限了。這事，兒子只好麻煩老爸。那天看他下班歸來的模樣，實在不忍又煩他。晚飯後，我突然興起，對他提議：

「怎麼樣？這回讓我學著開去如何？你只要坐在旁邊引導。我學會了，下次就不用麻煩你了。」他高興我的突然「開竅」，不再自限，馬上附和：

「怎麼不好？妳是該多學學。」

握著方向盤，先對自己許了願：「我做得到！」就一路飛馳了去。耶誕節近，沿途節飾繽紛，夜景亮麗，可惜我專注於前方，不大分神去欣賞。

歇坐在一旁的他，忽然輕鬆得吐了口氣：「有人替我開車，真好！」我一愣，原來替他開車，能使他如此開心嗎？為什麼總以為出門讓他開車，是理所當然、天經地義的？假如能替他分擔，為何不幫忙？開車並非難事，只要有信心，那裡都去得成。何況在寬平的高速公路上騁馳，是很愜意舒暢的。我為何老愛裝膽小，老愛躲在他後面，由他去衝刺？

今後出門，我要當司機了，讓他享受當乘客的輕鬆。就像他週末帶我上館子，替我倒茶，讓我偶爾享受被伺候的舒適。

一九九〇年十二月二十日

愛蕉情

不知何時開始，一直很喜歡香蕉。來到美國，也是數十年如一日，天天離不開它，很少間斷過。也奇怪為何百吃不膩？偶爾外子上超市採買，總記得替我拎回黃澄澄一把，雖然他不吃。數次回台北，媽媽也都記得為我準備一大把，都是教我感動的愛呵！

在寶島台灣，香蕉是最平民化的水果，到處都是，便宜得很，沒有蘋果、葡萄、水梨等來得珍貴。沒聽說過客人來，請吃香蕉的。但它也相當奇特，最容易親近，最不費周章。剝了皮，就能吃，不用勞神去找刀子來削皮，不用洗，不用切，不用去籽，不會吃得黏答答或水淋漓地。而且幾乎是唯一一種沒有蟲害的水果，不用化學噴灑，真正可吃得安全放心的。

大三那年暑假，隨系上教授去南投埔里做田野調查，在南港溪畔，度過一段美麗而難忘的夏天。埔里的愛蘭里，是個美麗僻靜的平埔族村落。族人務農，清澈的南港溪邊，翠綠的水田遠近羅列，還處處綴著闊葉搖擺的蕉樹叢，真個綠滿眼前。家家庭院裡，總伸出一兩棵綠得耀眼的香蕉樹，它是普遍得和當地人的生活融在一起。水果攤上，常擠滿了一大片黃澄澄，便宜得沒話說……

在邁阿密靠湖居那陣子，我們也在湖邊種了香蕉樹。因時候未到，沒真摘吃過多少，倒最欣賞那寬闊蕉葉在湖畔的那番搖曳生姿，像透了南港溪邊的風情。

在美國吃香蕉，常會不自覺去拾回那些遠去的農村情趣，還聯想起南宋姜夔那句：「翠葉吹涼……」

一九九四年六月一日

春雨新綠

某次藝文聚會上，我端去了一盤炒粉絲，上面滿覆翠綠的芫荽，宣稱這盤是「春雨新綠」。粉絲為什麼是「春雨」呢？典故是沙漠作家三毛的洋夫婿對其岳母千里迢迢從台灣郵寄來的粉絲，誤以為是昂貴的魚翅，惹得三毛大笑，卻哄他道：這是台灣山胞上山採到的春雨凍成的呢！

我們華人很懂得廣集製作飲食的材料，特殊食材可包括不少乾貨，如金針、木耳、冬菇、筍乾、蝦米、榨菜、梅干菜、豆腐皮、米粉、粉絲等等，使菜餚變化萬千。乾貨可一次多買貯存，需用時很方便。且說以前在台灣時，對粉絲並無特殊感情，它不過是家常熱湯或除夕火鍋中的配料而已。飄洋過海來到北康州後，才知異鄉的華人竟有不少衷情於粉絲，炒粉絲也可以是一道果腹的主菜。剛來時，我對廚事還很陌生，都是外子掌廚。數年的留學生涯，他已練就了一番爐上功夫，如炸春捲、炒粉絲、辣筍炒雞丁、菠菜雞湯、白菜火鍋等等，常用來宴客。尤其是炒粉絲，他常調弄得油亮入味，連老美也喜歡。有位意大利朋友讚不絕口，還「慫恿」他的夫人去買粉絲也學著做。外子採用的粉絲可不是一般的細粉絲，而是紐約華埠某家雜貨店採買到的一種來自香港的粗大粉絲，要浸泡許久才能用。這位夫人折騰了一天，才將材料備全，料理出來，請我們去品嚐……那段常從康州南下紐約華埠的日子，那段吃「蜀風」豆腐魚、買「鳳凰」老婆餅、大包小包採買白菜粉絲的日子，已隨風而逝了。

滄海桑田，他早已不再掌廚。窗外，春陽亮麗，綠草如茵，花紅鳥語正嫵媚。餐桌上，我擱了一盤綴著翠綠香菜的油亮粉絲，熱氣蒸騰。上樓去瞧他，他竟睡著了。

二〇〇七年四月九日

時間

時間好像總過得比我頭腦認知的速度還要快。於是匆匆，春去秋來；匆匆，二〇〇七年已近尾聲；匆匆，還沒年輕個夠，就要接近一甲子；匆匆，冒出好幾個小娃兒和小蘿蔔頭喚我「姑婆」……

又為何時間有時流得如此地慢，讓人迫不及待？那迎面的紅燈啊！何時轉綠？微波爐中熱杯豆漿，讓人讀秒地等；受不了郵局的長龍，找機器去；去銀行最好沒人在前，只要一位，就是磨人的等；梅西的長龍有得排，真巴不得不買；連開個電腦要上網，都有得等，只得拿張紙來練寫字……生活愈緊湊，愈受不了耗時的等，哪怕不過幾分鐘，就不忍寶貴的光陰空流。是否得放慢腳步，犧牲些「成就」，過得慢悠悠些？像太極拳的招式，緩緩移動，卻中氣十足啊！

望能調出一種安穩妥適的心態，來亦步亦趨地跟著時間的步伐融洽相隨。

無論如何，時間的長河仍是無情，連孔聖人都慨嘆過：「逝者如斯乎！不舍晝夜。」

二〇〇七年十一月七日

歡聚

「阿姑！」梳著馬尾，裹著黑外套的芬妮跑過來抱住剛下車的我。這小女娃長大了，我心中激動得說不出話來。這裡是田州納城市郊一雅潔的長老教會前，我和小女艾梅（在納城上大學）特地來接闊別近十三年的外甥女芬妮出外吃晚餐。她是佛州小弟的小女兒，和她姊姊婷婷一直是我心中多年來渴望見面的寶貝。

記得在一九九五年夏天，我們兩家事先安排好，一道同機返台探親。那時芬妮和艾梅都只是七歲的小女孩兒，她們長得一般高，生日都在春天，相差不到三星期，芬妮晚些。在飛機上，大人們輾轉睡不著，她們倒自在地睡倒座椅上，任濃密的黑髮垂落……回程時，因達美航機超售，小弟一家擠不上，長女貞妮得和婷婷分開，哭得淚眼汪汪……這一別，時光荏苒，她們已一個個從小女孩長成少女。婷婷在去年從佛州大學畢業，當起她夢寐以求的小學老師，自稱是「世界上最好的職業」；而芬妮也在去年進入佛州大學。這回久別重逢，她已快雙十年華了。小時候，她和婷婷長得不大一樣，她像媽媽，婷婷像爸爸，個性也不同，她較內向，婷婷是活潑大方，能言善道。這次乍相逢，她的臉蛋竟是婷婷的翻版，只保留了媽媽的大眼睛，應對也大方多了。她這回是跟著佛州教會裡的十多位同齡會友來此做教區服務的。她在車上興奮地提到總算看到了從未謀面的雪。納城在她們抵達前敷了一層白，為陽光之州所罕見。我注意到她的黑外套：「真好！妳知道準備冬衣，夠暖嗎？這裡早晚還是冷，跟佛州很不一樣呢！」

來到艾梅曾去過的中餐館August Moon（且翻成「秋月」吧），雖是週日，相當冷清。我們請涼在一旁的侍應生為我們拍照。點了菜，菜不怎麼樣，倒是我們藉此暢談，她和我說閩南話，和艾梅說英文，我們就這麼混著聊天。我留意到開始用餐前她的低頭禱告，不禁觸動一些往事。是她和婷婷在十多歲時先入教堂受洗，那時大弟正承受著由台返美後不知如何襲來的輕度肝炎和嚴重憂鬱症，什麼西藥、中醫都診不好，折騰了好幾年，就一個奇妙的因緣，他跟著長女婷婷去教會，鬱結的心好像豁然開朗，那些常盤據心田的什麼肝炎、憂鬱症的，霎時一掃而空。他的電話，不再訴苦，而是傳教了。在他受苦的那陣子，已無法上班，辭去多年的電腦工作，由弟媳出去做全職養家，夫妻角色互換。好不容易等他痊癒了，找到較無壓力的半天工，去年弟媳的身體開始出狀況，胰臟開刀。這回輪到他來侍候太太，夫妻都歇工，一個照顧，一個休養。在進食間，我問芬妮：「媽媽好些了嗎？」「好多了，在開始上班呢！先做半天，老闆了解。」她繼續吃她的雞撈麵，我撥一些什錦素菜給她。艾梅像她哥哥，沒幾下就吃得光溜溜，晃著小耳墜子又跟芬妮聊她們的。我在想著，這個真實的人生舞台，比戲上演的還要曲折無常啊！她們姊妹倆在家中已歷經滄桑，我們這邊，自從九一一那年外子失職後，這些年來，又何嘗不夠顛沛？

次日，我單獨開車趕回亞城，將與芬妮在教堂和餐館的合照輸入電腦，電傳給佛州小弟。當晚，他來了電話道謝，又謝謝我在車上送給芬妮的生日禮物。我提到芬妮看到了雪，又說：「真好！她還懂得帶大外套，這裡的春天還是冷呢！」小弟笑回道：「她媽媽為她準備的。」惠美呵！妳動了手術，還能在床上替女兒想得如此周全。天下沒有不細心的母親啊！

二〇〇八年三月十七日

歲末閒話

大概是女人的天性，我很喜歡聽美麗的音聲，看美麗的東西，欣賞美麗的景緻，往往過後難忘。雖說有些不過一瞬，那種接觸的感動，恆常美在心上。

多少次，在開車途中，湊巧迎上醉紅的晚霞。除了自賞，還會指點女娃兒們，趕快看！也和我共賞一番。記得有回去「桃樹長老教會」接小梅（在交響樂團習奏）出來，天色已暗沉。飛馳在二八五高速公路上時，抬眼忽見天上那輪晶瑩明月半幽匿在雲紗中，份外神秘美麗！母女倆在車內讚嘆著……又多年前一個清晨載初中的二女兒上學途中，迎見蔚藍的天幕上，朵朵雲彩竟圈出一泓藍湖，呵！天上的湖，我們都驚歎！

不久前一個晚上，拿了一袋雜物出外倒。返身，驚見天上的月姑娘又如數年前那般的裹著細紗，晶光幽露。急回屋內喚小梅出來瞧。她在抬眼細賞時，正巧一架飛機在「晶月籠紗」的美景前穿掠而過，擦出一道黑影，我們都笑了！屋內的老爺不會知道我們在瘋什麼。這是只有女人（或文人）喜歡的。

一向，很欣賞徐訏寫的一首〈輕笑〉：

妳灑了滿室衣香，撒了一地輕笑，
於是妳匆匆外出，留下門窗兒飄搖……
我乃遍拾遺笑，編成美麗歌謠，
還把妳半怒全嗔，算作裡面曲調……

「輕笑」可以揀拾而編成曲調，美景自可成畫成文。而一句暖和人心的溫柔話語，更加會令人感動難忘。這是個忙碌的商業社會，人人熙熙攘攘，為的是利來利往，人際關係往往就牽扯得草率粗糙，欠缺了細膩溫柔。這週，正逢與《亞特蘭大新聞》結緣一週年，謹此小文，感念許月芳女士一年來的鼓勵。她自接報以來，一直無比勤奮，卻總是笑容可掬，外加串串銀鈴笑語，引得教我如何不耕耘？謝謝她的豪爽開闊，才有「亞城園地」。

二〇〇六年一月十三日

永不止息的愛

上週日，在一個教堂婚禮中，聆聽了一段對新人的祝福辭，是摘自〈哥林多前書〉中有名的一段：「愛是恆久忍耐，又有恩慈；愛是不嫉妒；愛是不自誇；不張狂……凡事包容；凡事相信；凡事盼望；凡事忍耐。愛是永不止息。」夫妻的感情，若真能達到這種境界，多麼難能可貴！可惜現代人的夫婦關係，瓦解容易，維護難。倒是父母對子女的愛，來得自然而長久，尤其是母愛，真正是恆久忍耐，又有恩慈，真正是永不止息。

西洋人稱讚母親，說是：「上帝無法照顧每一個人，所以創造了母親。」是對母親最感人的詮釋。女性原較靈慧敏銳、善巧柔細，一旦成為母親，更強化了她的天賦潛能。她須是千手千眼的萬能菩薩，她須眼觀四面、耳聞八方；她的照拂須時時刻刻、細細密密、不離不棄、永無止息。子女由嗷嗷待哺時的刻不離身，到及長入學，回到家中，總先尋覓她；子女羽豐離巢，她仍能遙遙噓寒問暖；子女的不是，常得到她的包容諒解；子女有所需求，她總毫無條件地供應，永無竭盡地付出，直到蠟炬成灰……

所以區區寸草心，如何回報得了光芒無際的三春暉呢？

刊於一九九五年五月十六日慶祝母親節

當晚霞滿天

「桃色的雲，漸漸淡了，灰色的雲，漸漸暗了，水鑽樣的星星，恰似你灼灼慧眼，啊……睡蓮樣的滿月，恰似你盈盈笑靨……」常會記起大學時代唱過的這首黃友棣的歌，歌詞和旋律，美得令人難忘。常愛早晚散步，黃昏那次，就為了去「逮捕」晚霞。

最近，二女兒孜孜地在摹臨王楓教授的一幅夕陽西下。他老人家駕輕就熟地快速揮洒，動人的晚霞景觀就躍然紙上，亮在眼前。從頂上逼攏下來的黑灰濃藍，層層蛻變到夕陽沉沒前的橘黃豔紅……如此生動自然。對於水彩運作還是生手的二女兒，就學得苦兮兮，怎麼畫都不滿意。其實晚霞的景觀變化萬千，哪有兩個晚霞一模一樣的？它不只每天不同，還是時刻在蛻變。常在黃昏時探看窗外，瞧瞧晚霞還在否？偶而屈服於現實，滯在室內，等理完家事，晚霞已被黑夜吞噬。它是美得讓你迷戀，卻瞬逝得教你措手不及。

好像世間的許多「紅」，總是來去匆匆。像嬰兒的嫩紅、青春的桃紅、春天的花紅、秋天的楓紅……等，都如是。縱然人生有無數次的夕陽紅可欣賞，但若不留意珍惜，它就次次溜得無影無蹤。在黑夜的侵襲下，它那醉人的豔紅和周遭多變的雲彩，怎不教人想用畫筆去捕捉，用歌聲去頌揚？美也可以永恆，只要它活在心上。

「大地無邊靜寂，微風穿過林梢，是我心碎的啜泣……微風穿過林梢，是你溫柔的私語……」呵！當晚霞滿天，不禁憶起從前……

一九九六年三月一日

看海景・沐親情

——記二〇〇八年六月返台兩週行

一、前言

前年秋天回台的甘美還在，沒想到又有個機緣可以回去，再兜滿不少親情、友情及寶島風光回來。

雖說這趟出門，正逢油價凶猛爬升，航空業淒風苦雨的艱困時刻，我不得不忍痛購買了天價機票，仍覺這回的兩週寶島行，不但不多餘，而是真正的豐收滿滿，彌足珍貴！

大哥至孝，每逢媽媽的大生日，他就會出點子慶祝：媽媽七十壽辰，台美兩地親人在亞特蘭大會合；八十生日，親人同赴阿拉斯加船遊，盛況空前，唯獨我因長女大學註冊在即而缺席，一直引以為憾；這次的預慶九十壽辰（媽媽實際上才要滿八十八），我能再缺席嗎？自是摒除萬難，毅然投入了。

二、抵達

在台的二哥密切配合大哥的計劃，特地提供自己在汐止靠近中研院山上的一棟五層樓別墅來接待分批由美國、日本抵達的眾親人。第一批到達的是來自德州的大哥、大嫂和來自亞城的大哥長子一家五口，第二批是我和來自佛州小弟家兩個女兒婷婷及芬妮，第三批是來自西雅圖的大哥次子夫婦，第四批是來自日本的長女貞妮和來自Ohio的長子俊凱（我們都叫他 Bobby）。有夜間抵達的，有清晨來到的，多虧大弟、二哥及其三女兒雅榆先後輪流趕去接機，熱誠辛勞，難以備述。

長子Bobby在最後關頭才決定加入。本行「記者」的他，一旦訂票要回，問題就層出不窮地從e-mail中湧來，使我在出發前就招架不了：二舅舅的中文名字是什麼？他的家中電話？他的手機號碼？他家的地址？如何從他家到台北商業區？坐幾號巴士可到捷運昆陽站？……我的天！還沒到台北，做什麼問那麼多？他說這是「準備工作」。於是我在上機前一天，還為他繪了一張翻成英文的台北街路大綱圖。來到二哥家，還沒出發的Bobby繼續其e-mail攻勢：請問二舅，我要不要帶睡袋？我回道：不用了，你可以享用他們的電腦房，裡面有一張床呢！我轉告二哥，他笑道：「帶睡袋？他要來露營嗎？可以啊！去頂樓外面。」

這個寶貝兒子抵達後，他的獨行異徑果然讓眾親人刮目。他除了深夜到達後翌晨，即有辦法起來，馬上隨眾人同上遊覽巴士，在車上同樂歌唱，下車各處留連拍照外，三天後回到二哥處，隔天早晨即問二嫂要了社區巴士的票，自己下山進城赴台北遊逛。他幼年時返台學的國語早忘了，不過是一口英文，無有親人導覽，竟搭著捷運，一天下來先後去逛了台北一〇一、二二八紀念公園、國父紀念館、中正紀念堂、市政廳、台大校園、西門町、龍山寺與士林夜市等地。多虧台北各街道已都有中英文對照，他才能這般地如魚得水。他與當日也獨自外出的大妹貞妮在龍山寺會合，再同赴士林夜市。兄妹倆不知夜多深才摸回來，讓他們二舅媽等門。第二天，我訓了他們一頓。貞妮說，她不愛她哥哥的快步調，「他不過是走馬看花，我要慢慢看呢！」

這男孩好動得如一陣風，我是文風不動型的，進進出出總跟著親友行動。在六月十日晚間抵達桃園機場時，在領行李處會同來自佛州的婷婷與芬妮，讓大弟接去二哥在汐止山上的家。入門已夜間十一點半了，二嫂正在等候，我被分到樓上一間。貞妮還未到，將與我同房。婷婷姊妹睡樓下第二層。

三、美麗的四點半

這次回台，與上次一樣，無大時差，卻不會半夜醒來，有著更美的生活作息。每天總在晚上八點半左右開始覺睏，躺下來常一覺睡到清晨四點半，聽得山雞喔喔啼，天際也開始轉亮，真好！該起來了。五點半是外出漫步的好時刻，曉旭初透，山風輕拂。台北的六月天，剛開始轉熱，還沒熱過頭，天倒已亮得早。偶因酬酢晚睡，不慎睡到六點半，外面已大亮，有「日上三竿」之感。

四、寬敞的樓屋

我們都知道，因地窄人稠，台北居，真不易，許多住家已蔓延到郊區山上。

二哥這寬大的山上別墅，主要是上下立體發展——地上三層，地下兩層。這種樓屋，倒不是獨棟式，而是密連成排，蜿蜒而上，自成社區。二哥那棟，幽連尾端，可得天獨厚，覽遍山景。社區入口在山腰處，有警衛監督出入。

五、急轉的山路

台北人之持有駕照，而能在摩肩擦踵的車陣中穿梭，於擁擠窄隘的車庫裡出入，甚而在陡峭迂迴多次急轉的山路上爬攀，其技術之高超，相信是一般在美國開車者望塵莫及的。別奢想我敢在那裡操方向盤。

初上二哥的家時，已近午夜，在微弱路燈中，但見大弟熟練地左右急轉，又陡又彎的，像坐雲霄飛車。總算奮鬥到山上，我飛懸的心纔落地。此後進出二哥的家不下二十次，上坡下坡地，仍讓我驚魂。這是「山居」的代價啊！但山居視野之遼闊，甚至可眺望到市區的一〇一大廈。清晨在前院下望，是罩在煙紗中的大台北；黃昏，在主樓小廚房的後窗，可賞到山間的夕陽西下。是一般擠在城市中的台北人享受不到的愜意啊！

六、爽口的食物

回一次台北，就享受一次台北的吃。在二哥家那些天，每日清晨，二嫂會趕赴山下採辦各色味美的早餐，排放在客廳茶几上，讓分批起來的親人隨意取用。有豆漿、米奶、燒餅、油條、飯糰、壽司、菜包子、三明治等等多樣繽紛，加上數大盤切好、剝好的水果，有紅艷的西瓜、鮮黃的芒果、嫩白的荔枝……都香甜多汁，寶島水果原就出了名的好吃。

連著主樓大客廳，有間可當早餐室的小廚房（大廚房在底層），這裡沒有爐台炊煮，只有大冰箱，方便取果汁飲料，還有咖啡機、烤麵包機和洗手槽。

沿窗一組高腳的小桌椅，是我的晨昏賞景處。眾親人在此居留期間，這間小廚房旁的超高頂大客廳成了眾人的活動聯誼中心，大家在此打招呼、吃早點、喝咖啡、用電腦、看電視、讀書報、玩遊戲。大哥長子文霖的三個小孩常在此活動，九歲的長女較文靜，七歲的長子也是早起安靜的，最令人逗趣的是三歲的老么，他很是聰明伶俐，很會玩多種二哥公司從日本進口的運動遊戲，他可對著電視打保齡球、高爾夫球、障礙跑，甚至打拳擊，只見他全身又扭又踹又揮拳又呼叫的，逗得眾人大笑。

白日，我常回民生社區大弟家看媽媽，順便出外辦事。要不是媽媽家多了位外勞，我蠻可如前年一樣就住新中街，方便外出。在大弟處，免不了弟媳會帶我逛菜市場去。我挺喜歡這種食物繽紛、氣氛熱絡的市場，吃食無所不有，除了新鮮的各種肉類海產外，還有多種鮮翠欲滴的蔬菜、各樣的瓜果、各樣的筍、多種豆類製品、葷素滷菜、糕粿點心……還有諸多玉飾、衣服、鞋子在叫賣。在台居家期間，多次嚐到二嫂和弟媳親炒的細甜包心菜、細嫩筊白筍、還有美味的滷豆腐和山藥排骨湯，都是海外吃不到的。

在遨遊東海岸期間，沿途歇腳的花蓮、宜蘭等地，都是二哥事先排定的餐廳，午晚餐都是豐盛的酒席菜。回到台北，大家渴望簡單清淡。翌日中午，弟媳招待大夥去汐止鎮上她弟弟開的牛肉麵館。裡面蠻乾淨，牆上標明是美國進口的牛肉，我告知Bobby，他放心地吃了。我點了簡單湯麵，滋味不錯。還有一些小菜，包括皮蛋豆腐，應是攪拌著吃，倒是貞妮吃了皮蛋，我吃了豆腐。大哥次子Tom的夫人Gaelyn是自小由美國人收養的越南女子，很是活潑豪放，我看她也吃得興高采烈。

七、海水藍，親情歡

我們所有家族是在六月十五日（週日）一大早搭乘一輛大型遊覽巴士連同司機共三十人，浩浩蕩蕩由汐止出發，經過全亞洲第二長的雪山隧道，來到東岸。兒子與我同座，他首次目睹台灣東海岸太平洋之遼闊，山水啣接之壯麗，忍不住多次舉起相機捕捉壯景。經過令人驚魂的清水斷崖，來到了首站太魯閣。用過午餐後，大家出來循著山中小徑健行，至山崩處，才折回上車。司機載我們在山谷間前進，到了燕子口，讓大家下車徒步，細賞這崇山峻嶺間的深谷風光，我因大學時代來過橫貫公路，此次算舊地重遊，沒有初次的震撼。倒是Bobby和貞妮驚得忙著拍照留影，他們好喜歡燕子口到九曲洞一帶的山谷奇景和鮮潔空氣。途中洒了微雨，我們歇息在一座涼亭裡。亭旁有一紀念品店，我看中了一個太魯閣族娃娃，好多珠玉佩飾，喜孜孜買下，雖然不便宜。細雨中，我注意到亭子附近有尊銅像，趨前讀碑文，原來是先總統為紀念因公殉職的工程師靳衍先生。想我們一路上不知穿過了多少隧道，每條隧道，還不知是多少生命換來的，真是無限感恩低徊。

來到花蓮市晚餐，並住進高雅的「經典假日飯店」。真舒服！我和媽媽、貞妮同房，一覺到天亮。第二天，旅館內供應了非常豐盛的自助式早餐。餐後，我們沿蘇花公路北上。半途在花蓮七星潭海邊，司機讓大家下車賞海景、撿鵝卵石。回到車上，大家因昨晚歇息個夠，精神活力都來了，大弟在後座吹著口琴，文霖也附和著伴奏，我不禁起來湊熱鬧去，讓大弟伴奏，試唱了閩南語歌〈農村曲〉及童謠〈春天到〉、〈夏天裡過海洋〉、〈憶〉等。這下掀起了大家的音樂細胞，弟媳乾脆去坐在司機旁，掌控起卡拉ＯＫ，於是國語歌、英文歌、日文歌都來了，幾乎每位都點唱到。長女貞妮在日本快住滿四年，已一口流暢日語，日文歌是沒問題。這次由美返台的親人，幾乎在車上佔了半數，車上的言語流轉，洋味十足。倒是小弟的婷婷和芬妮還難得說得一口流利閩南語，和阿嬤最貼近，偶有洋腔處，全場哄然。

車內一波波的歌聲，一串串的笑語，濃郁交流著四代親情；車外是山連著海，海連著天，我們迂迴穿遊於山海間，滿眼遼闊的藍，依偎著寶島的綠。來到蘇澳午餐，再北赴宜蘭的民俗文化村。一般說「竹風蘭雨」，這裡果然天色暗沉沉的，雨意深凝，隨時會潰堤似的。我們在潮潮的地上走逛，這個文化村，網羅了諸多台灣的民間藝術小吃。我們吃到了傳統的麵茶，觀賞了歌仔戲，還目睹了宜蘭的傳統拉麥芽糖手藝，令人驚歎喝采！我們嚐了夾有麥芽糖和花生粉及香菜的潤餅。走累了，大哥邀媽媽、二哥、大弟和我逛入一家茶館，點了客家的擂茶，滋味濃郁芬香。還沒到礁溪吃晚餐，已撐得半飽了。

來到礁溪，我們住進「冠翔四季溫泉會館」。這裡設備太新穎，反而不慣，連開關都摸不到。浴池大得驚人，懶得去研究開關，草草沖澡歇息為妙。媽媽也學我，不去花腦筋享福，老人家下浴池若有不慎還了得？簡單淋浴，睡吧！倒是貞妮溜出去和表姊妹們逛去，不知多晚才回來泡洗溫泉澡，我全不知了。

第三天清晨，是東部旅遊的高潮。今日要搭船過海去看龜山島。我問大弟，是因為烏龜長壽，所以選去龜山島為媽祝壽嗎？他也答不上來，可能是吧？我以為自己不會暈船（以前坐過遊輪，沒事的），這回倒真險，船行到半途，在浪花的衝擊中，我忽然全身發汗，許是救生衣綁太緊（人人都得穿），於是暗地弄鬆透氣，才覺好過些，也幸虧很快上岸了。貞妮跟著眾表兄弟姊妹一群擠在前面甲板上衝浪，上了岸，和芬妮一樣，不適倒下了。高齡媽媽真了不起，她老人家果然經得起船震浪衝，穩穩地遊興未減。一大群平安熬過風浪的要隨嚮導團徒步環島去，因正午日熾，我的不適剛平伏，想想留下來歇息為妙，於是和媽媽及大弟在有冷氣的放映室中看介紹影片，坐著「遊覽」，文霖的老公拿著數位相機繞來繞去，不斷地為我們卡嚓，貞妮已睡倒在長椅上……

回到礁溪，我們不走雪山隧道回台北，而是沿海岸線，北遊我們的出生地金瓜石。這蜿蜒山路，真虧遊覽車是如何上去的，左彎右拐的，不遜於二哥山上的家。好不容易來到小鎮人民的精神支柱——勸濟廟，但見金殿巍峨，廟頂還大大地塑了一尊關公像。這次由宜蘭一路往北，路經不少樸實小村莊，每座村莊中，都有一座漆紅塑金的飛揚殿宇，和小村的貧乏蔚成強烈的對比。村人再窮，都得有一座富麗堂皇的廟，來當他們的精神堡壘吧？

我們零落地在勸濟廟前留影，背景是遠處的山巒。往下俯望，但見群山中散佈著不少樸實小樓屋，蔚成一座寧靜的山城。這日據時代名噪一時的金礦產地，目前徒留一「金礦博物館」記錄著過往，可惜我們徒步抵達時，正逢休館整修，不得入內。我們往下，來到山腰處一聞名的古蹟——太子賓館，是典型的日式庭園建築，厚實的木門，雕花的金屬門把，透著往昔的光輝。告別出生地，來到我童年的故鄉九份，這回是故地再重遊，台階路兩旁依然是雲集的店家，紅燈籠高懸，人潮擁塞，十足的觀光區。

歸途，路過基隆晚餐，再直驅汐止，結束了緊湊多采的台灣東部三日遊。

八、歡騰晚宴祝壽夜

我們東遊歸來，休息兩天後，於六月二十日（週五）假內湖的亞太福華餐廳宴請所有親戚，包括曾家及媽媽娘家陳姓的所有家族共一百多人，濟濟一堂，場面歡欣而不喧鬧。舞台上擺飾著兩大盆紫紅蘭花，中間是桃紅的大字：感恩媽媽之夜。大舅的小兒子嘉榮在台上彈著電子琴，美妙的旋律在眾親人的寒喧中一首首流出。令人感動的是，困坐輪椅的嬸嬸也在兩位外勞的陪侍下，跟著叔叔蒞臨會場賀壽。嬸嬸在婚前和媽媽情同姊妹（她從小是外婆的養女，媽媽背大的），和媽一路患難與共地走來，與曾家聯姻後，姊妹之情更為深濃，今夕何夕，她怎不奮鬥著前來呢？且說台上是大哥、二哥、叔叔和數位表兄弟等的先後致賀詞，都表達了對媽媽的敬意和感情。對著舞台的另面牆上播映著媽媽的多采畫作。

菜色一道道上來，我正巧和吃素食的桂姨子女一家同桌，很方便！摯友瑲吟是當晚少數受邀的朋友之一，她在求學時代已熟遍我們家所有的親人，當晚拉她坐在我身邊，她很快和大家親密交流。我們鄰桌是盛妝打扮的美女桌：包括大嫂、二嫂、弟媳、文霖的妻子秀立、Tom的夫人Gaelyn、二哥家的雅榆、明慧、我家的貞妮、大弟家的慧文、小弟家的婷婷、芬妮。她們在化妝師雅榆小姐的巧手打扮下，一個個出落得豔光照人，加上各款新穎的晚禮服，披紗裹緞的，真為會場添色不少。我因當天溜去媽媽家，沒加入她們的化妝集團，不用去戴假睫毛，只是一襲暗紅長禮服和暗紅高跟鞋，大致體面。我們的壽星媽媽當晚一身藍緞旗袍，加上珍珠項鍊及別在前襟的大紅花，看來高雅安詳穩重。她是晚宴的主角，在大家的歡呼聲中及鎂光燈下，接受了我們子女的獻花，又吹蠟燭、切蛋糕饗客。在杯觴流轉中，一片歡樂溫馨。撤席後，是一批批的親族與壽星合影。每位到場的賓客在離去前還獲贈一本大哥所編的各子孫提供一篇文章的祝壽文集和二哥集印的精美畫冊，是媽媽的作品集。人人滿載而歸。

九、驚豔米勒

寶貝兒子Bobby在晚宴後翌日即溜去火車站，搭高鐵南下遊玩，午夜前才到家。週日一早就整裝回美，真個來去匆匆。貞妮也於當天上午回去日本。我仍能繼續幾個節目：當天中午去國父紀念館附近和六位台大同學會合暢聊。他們說，要不是我回來，他們還難得碰面呢！當天下午，大弟專程載大哥、大嫂連同我和弟媳特去南海路的國立歷史博物館，一睹十九世紀法國田園畫家米勒的代表作〈拾穗〉和〈晚禱〉。米勒畫展數月來轟動了台北藝術界，不少學生和藝術愛好者趨之若鶩。我在二哥處，就聽大嫂熱切地在提她想去，可一直找不到機會。我對我的「貼身司機」大弟透露，馬上圓了她的夢，我也跟去飽了眼福。場內有熟練的女導覽員，在人潮中為每幅作品做詳盡的解說。動人的名作〈拾穗〉是米勒同情心的擴大，其彩筆下的焦距集中在倍受常人輕忽的三代貧女彎腰拾穗的卑柔，而富庶人家的豐饒採收，反渺小遠去成了背景，全幅呈現出秋天黃昏的寧靜暈柔……。

十、民族所晤舊

週一（六月二十三日）上午，從二哥的家下山去中研院，由住在中研院附近的陳光蓓同學當嚮導，領我進民族所參觀（其夫婿為民族所所長）。我們原是同系出身，這回倒由她來替我講解台灣原住民各族的習俗。中午，我們就近來到院內的活動中心餐廳，點了西式套餐。在冷氣屋中聊了三個多小時，還意猶未盡。出來時，熱得黏人，光蓓陪我去等社區巴士上山。

十一、結語

又是一次收獲滿滿的寶島行，短短兩週，卻無比緊湊充實。六月二十六日一早回到亞城，熱心的譚師姐依約來MARTA站接我，還熬了紅豆薏米粥為我洗塵接風，人間處處是溫情呢！

二〇〇八年七月七日

粉紅效應

數年前，以中文教師的身份，報名參加「海外華文教師研習營」。前後三天，與專程由台來美巡迴教學的三位傑出教師接觸，受益良多。

印象深刻的是來自桃園縣幸福國小的幸玉蓉校長。她看來沒有絲毫旅途的勞頓，精神飽滿，滿面春風，侃侃而談，妙語如珠。她提到當初在桃園從募款到創校的艱辛。她曾使出了女人的靈巧和智慧，招募到多少意想不到的基金；又如何巧思獨運，將校舍「打扮」成粉紅色！學校中的大小設備裝潢，有部份還是她從家中「走私」去填補充數的。她笑談有回她先生來到學校會客室，瞧瞧花瓶，瞧瞧桌巾，詫異道：「咦？我為什麼好像回到家裡？」這位年輕幹練、散發活力的傑出女校長，將幸福國小治理得朝氣蓬勃，其業績已在台灣教育界亮出了知名度，而其令人刮目相看的粉紅校舍，相信是她心中的驕傲。

這種粉紅色的「企業」不難找。此地一位北一女校友在中城稍北的熱鬧商業區與夫婿合開了一家中餐廳，是外表粉紅的建築，在車水馬龍、行人熙攘的桃樹路上，相當醒目。主顧多是老美，我這校友常雲鬢高挽、華衣亮麗地周旋於洋客之間，談笑風生，柔柔地穩住了這數十年的老店。在百福大道上一家頗有名氣的日本餐廳「杜鵑花」，送出的是粉紅色的印花名片。在中國城附近，隱在樹叢中、繞有美麗庭園的「麗莎雅屋」，其室內的法式裝潢是女人喜愛的幽雅，那精緻的名片更像是一件小藝術品：一串串粉紅和淺紫紅的小碎花牽著一兩片綠葉，依偎在英文字的店名邊，讓人愛戀不捨。女主人麗莎與其夫婿共掌多年，其精美雅食吸引不少著重品味的上班族，最近才賣出。新店新風格，新名片新設計，彷彿已失了那份高雅。

一位結識多年的佛友，說起話來輕聲細氣的。為了喜愛我的一篇小文，曾特地光臨，拎了一籃粉紅的花兒來……我有幸，也曾受邀去她新居造訪，她那巧手慧心經營出的庭園之美不說，其室內裝潢更是處處獨見巧思。當天，她也邀來某位法師，與眾佛友聚談，而當晚餐桌邊擺的竟是粉紅色紙餐巾！

在北康州時，有位台灣來的年輕幹練女士，家中大小決策都由她一手包辦。某日見其內向靦腆的夫婿竟穿著一件粉紅色襯衫，問他為何如此時髦「前進」起來？他難為情地解釋：「太太買的，要我穿的。」女人呵女人！要用顏色來「統治」男人嗎？

當女人在各行各業中紛紛「出頭天」時，原先男性的呆板、嚴肅傳統會漸漸受到不同程度的騷動。原來男人不過在「生存」，而女人真正在「生活」，時時在試著活出多采多姿的亮麗。紐約參議員希拉莉（過去的第一夫人）若果真當選為美國總統，說不定美國將有粉紅色的國旗呢！

二〇〇七年三月十六日

詩人與南瓜燈

用了很多淚水，才讀完美國一代詩人羅勃特・弗洛斯特的一生。

他在一八七四年出生於舊金山。父親是從新英格蘭闖來加州赴掏金熱的冒險家，有還算安定的新聞記者工作，又熱心於政治，帶著小羅勃到處去做競選演說，有些快樂的父子時光。因當地的酒吧多於餐廳，原在東部就有不良習性的父親，又漸漸開始賭博、酗酒、晚歸、暴戾……這位「大王爺」一回到家，家中就風聲鶴唳，妻小都怕他。羅勃記得當時美國人流行在萬聖節，讓孩子們做南瓜燈，偏他父親不准孩子們掏南瓜、刻南瓜的，怕弄得周遭凌亂。羅勃和他妹妹只得溜到同伴家，看別的孩子們刻瓜嬉戲。有一年，羅勃的一位好友特地做好一個南瓜燈，裡面還擱了燃燒中的燭火，亮晃晃地提來送他。當羅勃打開門時，驚得愣住了，又感激又愧疚，懾於其父的烈燄，不得不訥訥地回絕：「我……我不能收，我父親不讓我們有南瓜燈。」傷神地關上門後，他父親見其自私的瘡疤被揭，竟惱羞成怒，隨手抓了一條狗鍊子，將他毒打了一陣，直到他腿部流血……

詩人婚後，對妻小無比憐愛。日日黃昏，帶他們去林中散步；回到家，還輪流和他夫人讀故事書給孩子們聽，直到他們入睡……萬聖節來臨前，他已為每個子女準備了一盞南瓜燈。每個南瓜都刻了不同的臉譜，還刻入了溫厚的父愛。

我們唏噓詩人的童年，但也慶幸他有一位無比溫柔的母親，能經常護衛著他，耐心地教導他、栽培他，還經常吟詩誦詞地輸給他文學之美，終於造就出美國近代史上最偉大的詩人。

萬聖節又來了，我從超市拎回個胖南瓜，黃澄圓滿，要給即將從外地歸來的大女兒一番驚喜。讓她再刻出個笑口的臉譜給妹妹們看，和數年前一樣，亮晃晃地在秋夜中燃燒，有點像台灣的元宵燈，燒著父親對我們的愛……

一九九九年十月三十日

＊註：Robert Frost（1874-1963），唯一曾四度榮獲普立茲文學獎的詩人，也是唯一在美國總統就職典禮上登台的桂冠詩人。

詩心不老

週末，遊逛書城，最是享受。可惜，書多若砂，極難覓得金閃的好書。心中的好書是：文字簡潔，百讀不厭，意境清雅，恆常帶來美的感受，而不僅僅只給讀者「初次的消遣」。

不久前，覓到一本珍貴的舊書《剪影話文壇》，裡面介紹了上百位作家。林海音女士曾在書中特別讚美余光中的文筆。只知道他是詩人，未曾廣泛接觸過他的作品。這回進世界書局，特別去留意，總算尋到他的兩本散文集，翻翻讀讀，果然不錯！喜切切買下，回家細賞。

是女人的天性嗎？一本新書，不先埋入內容，而先端詳照片。奇了！一直以為余光中是年輕的，何時滿髮如霜呢？原來歲月如此公平，誰也不饒。十年香江，竟使詩人白頭，能不歎乎？但在沉入他的《隔水呼渡》後，漸忘了這「銀色的震撼」，余光中還是余光中，透過極為精鍊適雅的文字，奔流著他那依然青春、依然有詩有情的文學之泉。曾深深地喜愛那篇刊在「世副」的〈雪濃莎〉，可惜剪報佚失。此番在散文集中再逢〈雪濃莎〉，自是欣喜！其中一段：「只覺有異樣的光彩在頭頂蠢動，仰面一看，兩人都怔住了，幾乎是同時失聲輕呼。月落天黑的夜空，布滿了爛爛燦燦的一簇簇冷銀，神經質一般在亂顫著清輝，那麼近，好像一伸手都會牽落一大把似的……」每讀至此，心中就燦爛起來，忍不住聯想到大學時代初上大禹嶺目睹的雪夜星空，一樣地布滿閃鑽，繽爛淋漓，燦燦難忘。

文學予人的美，如是地無可限量。假如中國沒有曹雪芹、英國沒有莎士比亞、俄國沒有托爾斯泰、法國沒有羅曼羅蘭，世界文壇要寂寞許多吧？在此衷謝辛勤耕耘、為人類帶來純善至美的作家們，那怕形容日衰，文學的心靈永不老化，文學的力量是恆久長存呵！

一九九三年五月十六日

談寫作

記得加州的幽默女作家吳玲瑤提過，她先後不知做了多少「五分鐘熱度」的事，包括打毛線等等，奇的是，只有寫作是她一路走來，沒有放棄的。大概我也屬於「愛寫族」，相信「隔壁」的蘇先生伉儷也是。所以許月芳女士大可放心，若無特殊原因，我們跑不掉的。

說到提筆寫文章，得追溯到小學三年級時，有回老師要我們填一份表格，不記得做什麼用，只記得上面有一欄問志願。我不知那時小小的手為何會填上「作家」二字，還瞄一眼坐在隔壁的男生，然後快快用手遮了……國文，是從來沒有困擾過我的一門課，初二在市女中時，來自山東的王恕堂老師給我非常深刻的印象，他清晰的講解和認真的授課態度，開始努力為我們紮根基。高二在北一女中的國文老師是江學珠校長特別請來的女作家，她那舒閒散漫的特色，是我非常陶醉享受的一段快樂時光。只是學校規定週記和作文都得用毛筆寫，蠻頭痛的。可以說百分之九十九的國文根基是在一女中紮穩的。大學的國文不過學幾篇《史記》和《左傳》，所添有限。

自己到底什麼時候開始寫些課外的東西呢？除了日記外，只記得高中開始，身邊有本小詩集，捕點靈感，隨興地寫。因課業繁重，能寫的餘暇實在不多。猶記得曾在週記上寫過一首〈遊碧潭〉：

碧澄澄潭水映翠影
搖盪盪弔橋享盛名
數不清穿紅著綠客
看不盡五彩繽紛艇

大專聯考分組，我只一頭往乙組鑽，別的是想都不想。大哥幫我填志願，填完台大，接著政大，一通電話打去問政大外交系的大嫂弟弟：「政大的文學院，哪些系比較好？」對方反問：「為什麼不考丁組呢？」大哥無奈地回道：「她不要啊！」就是這麼拗，一直堅持要去文學院裡做夢。直到大學畢業，才感到前程茫茫；而多少好友早趕熱門去了，不是國貿，就是企管、經濟的，斬到了紮實風光的一條路，我還在「飄」呢……

婚後來到美國，總是理家為主，打工為輔，一直不慣將自己塑成某種特定角色的職業婦女。要將我困在辦公室的小方塊中，面對電腦做八小時，就為了那份薪水，是不可思議的痛苦。寧可捱餓也得給我一扇窗子，讓我跟大自然交流，才是生活啊！倒也感謝外子沒讓我「文」得太沒出息，在我第一次生產後，就替我報名函授學校，讀英文會計，使我不至於跟現實太脫節；又經常要我研讀好幾種他學過的電腦程式，我就經常被迫交戰於現實與夢幻中……好像是從一九八五年起，開始零碎投稿《世界日報》，第一篇〈白菜之戀〉可能有刊出，因後來收到了稿費，奇的是，多日報紙上遍尋不著，至今是個謎。就這麼一路塗寫到現在，還不敢自稱什麼「家」，至少算屬於「愛寫族」吧？

寫作於我，從不是一項職業，頂多是一種嗜好。因為無所求，自己做得快樂。心靈的怡然恬適，盡在寫作中……

二〇〇七年十一月五日

鄉音

一個晴朗的下午，送小女兒去練舞，順便繞到舞室對面一家新開的大型超市去採買。簡單挑了點麵包、水果，推去結帳時，忽聞鄰近有串串朗朗的閩南語，在這熙攘的異國人群中，暖暖地打入心坎。

急回頭，見是一男一女的東方人，男的不到四十歲吧？短小精悍的樣子，女子相當白淨年輕。男的迎到我的凝視，善意地點點頭。這下我乾脆單刀直入，用閩南話探詢過去：

「你們從台灣來的嗎？」他聽到我講「他們的話」，又驚又喜，他那朗朗的閩南語，又抬高了幾度：

「是啊！妳也是台灣來的？」

「台北。」又問過去：

「你們來多久了？」他急切地回道：

「一九八九年來的。妳呢？」

「我也是那年來到亞特蘭大呢！」於是他熱切地滔滔開講起來：「我以前住在士林，但是在景美上班……目前我太太在附近的中國餐館打工……妳貴姓？」我續用閩南話答道：

「姓曾。」

「詹？詹天佑的詹？」我糾正道：

「不，是曾國藩的曾。」他又接著探詢：

「妳去台語教會嗎？」

「沒有。」他不灰心，又問：

「那妳也去台灣同鄉會吧？」不好意思再說沒有，隨口回道：「偶而。」

因已結帳出來，遂問他：

「你貴姓？」

「我姓林。」他又介紹身旁的年輕女子：

「她是我的細姨仔。」我一愣，對他笑笑，內心卻覺得窘。只見他一鞠躬：

「失禮！我們先走了。」

推著購物車往外走時，內心還狐疑地想：這是什麼時代了？還有姨太太？

而這人居然如此大言不慚，公開介紹出來？快捱近汽車時，才恍然大悟，原來他說的是「小姨子」，即太太的妹妹。所以若把國語的稱呼直翻成閩南語，有時會鬧笑話呢！

返家的路上，春陽明媚，樹翠花紅，想起超市中的那幕「短劇」，思緒不禁回到童年。小時候，真的是見識過「姨太太」。在九份住日式榻榻米屋時，隔鄰一位吳百萬先生，也不知他是否真有百萬家產？反正是蠻有「本事」，除了正太太及收養的一男一女外，又納了位年輕俏麗的姨太太，全部住在一起，少不了吵吵鬧鬧的。記得有一回溜去他們家玩，好像大太太及收養的孩子們正好不在，只吳先生和漂亮的姨太太在家悠閒。她很會笑，敷粉的臉上描了一對細細的柳眉，嘴角邊還點了顆美人痣，正輕悠悠地跟著唱機流出來的旋律哼唱……那嶄新發亮的電唱機在那時真是稀罕，還記得流出來的歌是低低柔柔、尾音拉得長長的日本小調〈蘋果花〉……

那曲調在腦中盤旋時，車子已開到家門口，望到了樹叢下自栽的嬌紫豔紅。該結束回憶，繼續面對我的美國生活了。

二〇〇〇年四月十六日

陽春麵的隨想

最近老爺加班，我和孩子們的晚餐也變得簡單。簡單不見得不好吃，反而另有一番清純的美。昨天，濃濃地熬了一鍋排骨湯，晚餐時刻，再煮一把麵條投入，加些綠葉菜和白豆芽。如此簡易的湯麵，孩子們吃得好盡興。我啜了一口湯，真的不錯！淡香甘美，一時陷入了遐思，因有幾分神似台北的陽春麵……

中學時代，台北老家巷口那「老李的麵攤子」，一直和我們的日常生活緊密相連。我和弟弟們有事沒事就去叫碗陽春麵當點心。有時他送來，有時去他的攤子上湊熱鬧。老李相當高大，俊逸的臉常露著微笑。我們都知道他是「外省郎」，當時附近的住家大都是本省人，而老李卻不大會台灣話。許多時候，食客們用生硬的國語和他交談；偶爾，他也用彆扭的台語和老歐吉桑們回話。他常在下午，推著攤子到我們廊下歇腳，生火熱爐地忙將起來。傍晚到深夜，是他生意的鼎盛時候。他的麵燒得好，吸引了附近各階層人士，從公務員、學生到工人都有。攤子上常人語喧譁，圍得滿滿。

當時陽春麵最便宜，我和弟弟們總是點陽春麵，所以對它的味道也最為熟悉。我生來不愛葷腥，倒對麵上那撮蔬菜最喜愛。冬天常是小白菜，夏天換成空心菜。偶爾闊氣些，多叫了一碟海帶或豆腐干，就很盡興了。

不知什麼時候開始，老李身旁多了個女人當幫手，原來他有了本省籍太太。後來陸續地多了幾個孩子，他有了家累呢！記憶中，他每晚在熱煙蒸騰中忙碌，少有休閒。唯一例外，是過農曆年期間，不見到那冒煙的攤子，只見他改頭換面，一身西裝革履，帶著妻小，和附近的老鄰居們賀年話舊。初次見他穿西裝時，我睜大了眼，不信這位紳士就是擺麵攤的老李。後來我們搬離了松江路，我又接著出了國，再沒能見到他的影子。

十多年來，台北在急遽的現代化中，吞噬了各樣形形色色的攤子。縱使歸去，再難尋覓，但那股陽春麵的馨香，還裊繞在回憶中。

一九九二年二月十三日

雨情

雨，往往不受歡迎，也往往使人掃興。正在進行的郊遊野餐或戶外球賽，會因一場雨的到來，教人手足無措、慌亂狼狽。但它，也會讓人盼望……

上週，媽從佛州的小弟家來電，提到他們那裡的久旱，偶有雷聲，也沒一滴雨。我這裡倒正淅淅瀝瀝。

「媽！我們這裡上個月也一直是大晴天，最近才開始下。我想是端陽節近了呢！」

記憶中，端陽節總是濕濕的，濕濕地黏著粽香。來到洋邦，懶得弄粽子，聽聽雨聲也好。

「端午節不就快到了，誰知它下不下？」

「一定會下！每年都這樣。」奇怪，我比媽媽還有信心。

端陽節那天，媽來電話，興奮地報告：

「昨天半夜，真下了一場雷雨呢！」

「可不是？我說嘛！美國的半夜正趕上台灣的端午，非下不可！我們這裡昨夜也落了一場雨。」都是屈原的淚啊！

過了端午，會遙等那七夕晚的毛毛雨。牛郎織女鵲橋相會，怎不凝出雨來？我這「今之古人」還把塵封的舊日神話惦著，好像很可笑。但將一場平凡的雨，罩上一層神秘的紗，豈不更美麗？

雨呵雨！有著中國人的故事。

一九九五年六月五日

風兒

炎炎夏日，最愛樹下迎面的微風，驅散些燠熱，捎來點清涼。一陣風兒，只要它不放肆、不狂野，輕柔地襲人，常帶來舒暢，帶來美感，甚至引人遐思。澄靜的湖面，因風兒輕拂，而有漣漪盪漾；盛開的花兒，因風兒輕觸，而玉枝招展。是風兒，使大地有了美的律動。

翻開唐詩，發現它蹤跡處處：

「荷花送香氣」、「風泉滿清聽」、「日夕涼風至」、「臨風聽暮蟬」、「春風不相識」、「因風想玉珂」、「昨夜風開露井桃」、「風吹柳花滿店香」……它帶來了美的音響、美的氣息，還牽動了心緒情懷。

也是它，捎來遠處教堂的鐘聲、廊下銀鈴的叮噹、窗外綠蔭的鳥語啁啾、牆邊玫瑰的馥郁、前院木蘭的清香、後院金銀花的撲鼻……啊！微風吹動了我的頭髮，教我如何不愛它？

一九九六年七月一日

黑色的愛

結婚後，才發現男人的愛好和女人如此不同。比方逛街吧！吸引男士們的不是服裝，更不是珠寶，往往是些讓女士們十分乏味無趣的東西，諸如電視、音響、電腦、運動器材、各類工具、電器用品、手電筒等等「硬態東西」。所以每次和老爺上購物中心，巴不得和他分道揚鑣。在五彩燦麗的珠寶櫥窗前，他不讓妳留連；在時髦花俏的女裝部門，也由不得妳久待。卻強人所難地要陪他看些黑黑硬硬的東西，也不知那些東西有什麼魅力，使男人如此神馳？

我是不看電視，不聽音響的。一入百貨公司的視聽部門，就惶恐慌亂，那份電光神彩、吵雜紛亂，真逼得妳巴不得逃溜。幸好老爺「移情別戀」愛上電腦之後，我們就少去了。話說目前最興盛的行業正是銷售電腦以及與其有關的各種軟體、硬體。其產品之複雜繁多，可使此種專賣店龐大如半個超級市場。一入其內，恰如置身電腦城市，常令男士們樂不思蜀，流連忘返。週末逛電腦城，是老爺近年來最熱衷的消遣。許多時候，我推說家事忙，不便奉陪（反正又不是衣服，沒什麼好看頭）。偶爾，他會帶我去亞城東北區某家小餐館享受道地的豆漿和燒餅油條。回程時路經「吉米卡特大道」，就硬把我帶進電腦城。知道推脫不掉了，只得當個好伴侶，在一排排軟體、硬體間，佯裝有趣地陪他溜達。

對於現代男人，電腦好像成了不可或缺的良伴。但各類工具，卻一直是傳統男人也是現代男人經常接觸的東西。尤其是美國男人，因為工資貴，凡事自己來，於是家家車庫，常有一角掛滿各樣工具，有個男人工作的角落。外子在這方面也不落人後。來美數十年中，早已購齊各式各樣的工具，螺絲起子、鉗子、鎚子、釘子、螺旋鉗子等等應有盡有，每類的尺寸，由大到小，十分齊全。卻可惜他仍是標準的書生，那些工具尚未全盡其用，但他購買工具的狂熱一直存在。不久前又帶回一整盒螺絲起子，我詫異地問：「不是都有了嗎？」他辯解著：「妳不知道！這是專門修電腦的！」買工具好像是男人的一項驕傲呵！

此外，他也相當鍾情於手電筒。實在記不得他前前後後買了多少。我這節儉的腦筋以為，買隻萬能的手電筒，用上數十年不就行了？事實上，大大小小各種類型的手電筒中，並不能每把都派上用場。有些年老力衰，插上插頭，它不充電。有些電池枯竭，不受使喚。可惱的是，換了新電池，並不保證恆久可用，過段時候，電池又自動失效了。反正「電」的東西，是如此難以捉摸。但停電的時候，女人先找蠟燭，男人一定先找手電筒。多年前在邁阿密一家銀器及電器用品行工作時，不經意看到一位美國男人一再端詳架上的一排手電筒，他的年輕太太在旁提醒他：「Honey！我們家不是有好幾把手電筒了嗎？」我聽了想笑，又是個癡男人！

除了上述那些男人普遍喜愛的東西外，家中老爺還有個特點：喜愛鍋子。我起初覺得很怪，又不用他進廚房，管我有幾把鍋子？後來漸領受到他對飲食之考究，才瞭解到這是他「愛屋及烏」的表現。他常關心我鍋子夠不夠，質料好不好？每有新質料的鍋子上市，他就爭先去買來讓我試用。總算讓他購置得應有盡有，再無缺憾了。最近見到報上有新式炒菜鍋的打折廣告，他又心動，躍躍欲試了。我見情況不妙，忙不迭阻止：「拜託！沒有地方放了。我又不缺，做什麼還買？你只要三餐有得吃，管我用什麼鍋子？」他被我攔得很洩氣，好像不讓他買鍋子是天大的委屈。

聖誕節後，我們去梅西百貨公司瞧減價品。想到樓上看看衣服，又被他帶到樓下廚具部門。原來本性未改，他又對那一排排黑漆漆的大小鍋子，戀戀不捨地端詳起來。真是煞風景！來百貨公司原是美妙的事，卻被帶到一堆黑鍋前流連。鍋子使人聯想到烹調之水深火熱，我是巴不得逃離廚房，偏又被帶來和鍋子碰頭，豈不可惱？於是把他丟在鍋陣中，逕自去鄰近走動透氣。不經意看到減價檯上陳列著不少微波爐用的透明盤子，我知道我要什麼了。喜孜孜地挑了兩個透明盤子，向他那邊走去。「不要再看黑鍋了，就買這透明的，還更實用呢！」畢竟廚房是女人的天地，他對廚具的喜好，也該收斂了。

一九九三年四月七日

卷二・景

冬夜隨筆

一本佛學雜誌已從頭翻到尾，還沒文思在筆記本上寫點什麼。站起來去拉開低垂的紫窗帘，瞧瞧冷窗外的冬夜街景，依然是快速飛馳的來往車群，穿梭在亮閃的霓虹燈中……

每個週一晚上，總有長長的兩小時讓我在小女兒她們的舞室外排遣。時光在等待中顯得漫長，往往在流出的爵士、芭蕾和踢躂舞樂中，我可以看點東西，寫點東西，甚或外出過街，到卡片店或超市溜一圈回來。今晚寫不成，又天寒地凍地出不去，楞望著落地窗外的車潮出神。汽車在今天是沒什麼好看頭，但記得自己小時候，偶爾從鄉下來到台北的大舅家時，三表姊常會喚我：「小容！來！我帶妳到街頭看烏頭仔車去！」那時的汽車可稀罕了，許久才見到一輛駛過來，再目送它遠去……今天呢，愈來愈稠密的車潮教你目不暇接，連逮個空檔斬過馬路都萬千難。這飛快遽變的時代，也只能隨它變吧！到了過份窒息的時候，是否得用電力取代污染的汽油？還是過回三輪車和馬車的時代呢？

聽得踢躂舞樂響起，快完了，可以縮進暖氣車內，在黑夜中飛馳歸去。

一九九七年二月十日

又是秋天

去年九月，嘗試地投了一小篇〈秋悟〉到《華訊》，開始與此地讀者們結緣，居然流去了一年，又是秋天！韶光之飛逝，怎不是一眨眼呢？

秋天在台北，好像從沒真正存在過。記憶中，從沒紅過一片葉子讓你感到它的到來。來到美國康州，才真正身臨目睹那斑爛繽紛的秋景，心中那份驚喜，自不待言。隔年秋天，媽媽遠從台北來到康州探望我們，也共賞了這新英格蘭獨特的秋。我們攜了相機，出外漫步賞景。各色的榆楓，在此時紛紛展現它們辭世前最美的風華。觸目所及，但見明黃、澄橘、豔紅等多色亮晃晃地穿綴在常綠樹中，真個秋色歷歷，美不勝收。風是涼暢的、舒爽的，一些黃透的金、熟透的紅，紛紛下墜，鋪積成五彩地毯。我們一路沙沙地踩著，一路目不暇接地讚歎。媽媽手上拿著念珠，不禁讚美道：「真是天堂！真是天堂！西方極樂世界就在這裡吧？」

來到亞城，漸愛上此地的四季分明。尤其堪慰的是，這兒也有「像樣」的秋天，依樣有還算燦爛的秋景。年年惜秋，不僅因它的美來得圓熟深沉，也因它憶起在北方那段年輕的時光。今秋，新添了美的回憶——是開始與《華訊》結緣的季節。

一九九三年九月十六日

小徑的春天

每回上農夫市場，會經過一條狹窄荒涼的小路。它迂迴起伏，卻無礙我闖蕩人跡罕至處的喜悅。為避開大道的車水馬龍，寧取小徑的清幽自在。

路旁，沒有喬州典型的壯偉磚屋和遼闊整潔的碧綠草坪，只看到零落的脆弱木屋，在等著淘汰；未經修葺的庭院，雜草叢生；成蔭的老樹，到處盤踞……不頂雅潔的景觀，因它特有的野，倒顯得引人。

終於漸熬過隆冬，路旁的水仙探頭了，到處朵朵黃白，大地在漸甦醒。途經那荒僻的小徑時，也感到了春的訊息。流覽窗外，游目所及，不斷有驚奇。許多平時沉默的樹叢，霎時都活出顏色，裝扮起來：有撐得滿滿的淺紫紅、勻得淨淨的純雪白，有綻得密密的淡粉紅、亮得耀眼的鮮鵝黃……不只群樹花俏起來，眾草也不甘落後，到處像洒了彩色花絮。徑旁的老屋，一時「陷」在花團錦簇中；斑駁的牆邊，也爬滿片片紫紅。人不來照顧，大自然自會打扮，這原來不頂光鮮的地區，竟像趕赴嘉年華會似地亮麗起來。有些路旁的野樹，沒蘊藏什麼嬌雅的顏色，把它僅有、像鄉巴佬似的土黃，也硬呈現出來，黃得令人想笑。

這是大自然一年一度的花姿盛會，誰也不許缺席啊！

一九九七年三月十六日

春雪

今年的冬，顯得古怪。孩子們盼望著、盼望著，送走溼冷的一月，再送走乾晴的二月，依然沒有雪的訊息。只在二月下旬某日晚上，叮咚地撒了一陣冰雹，孩子們衝出去揀冰珠子，聊慰無雪之憾。

前院的紅茶花和黃水仙，早已盈盈盛開，迎接著明媚的三月。開車外出、出外漫步，漸感到春來了。各色花樹，開始萌芽。連著數天，氣溫竟高升到七十多度，舒暢得像回到佛州。春天真的來了嗎？心中倒覺得空盪盪的，不大敢接受這個彷彿虛假的春天。沒有雪的冬真的溜了嗎？來此數年，已習慣了一年至少一度的雪，這也是孩子們享受冬天的高潮。其實此地的冬天對於住過佛州的我們不算可愛，至少有五個月，總得一再穿那好像沒完沒了的冬衣。只有在下雪的時候，它真正展現了冬天的風華，處處銀粧，雖冷而淒美，孩子們會興奮得像過年，蹦跳著進進出出。然後是濕帽子、濕手套、濕鞋襪混著雪水，撒了廚房一地。儘管我忙著清理，她們倒是樂得輕飄飄，像雪花似的。雪停後，我會忍不住攜了相機，外出取景去。南方的雪，曇花一現，不快捕捉，頃刻間就香消玉殞。雪若夠多，孩子們會出去堆雪人、捏雪球、玩雪仗，和雪親暱個夠才盡興。

萬萬沒料到，上天真的不食言，未撒下銀色的禮物就匆匆溜走的冬，在春意將暖的三月中旬，又回頭，狠狠暢快地來了一場暴風雪，教大人們驚愕，孩子們驚喜，她們心中那一年一度銀色的夢，總算實現了。理它時序顛倒，管它已是三月天，雪還是雪。那晚自從在電視上得知即將下雪的消息，十二歲半的大女兒就興奮得團團轉，「我每天禱告呢！」她得意地說。她那剛從大學回來度假的哥哥抗議了：「我是回來度春假的，不是回來看雪，我在康州已看膩了！」她爸爸過去在北方剷雪剷怕了，對這銀色的興奮並無共鳴，一再搖頭：「為什麼還有雪呢？最好不下。」我在揣想著相機內那捲還剩幾張，正可用完。

一夜雨聲淅瀝，清晨天濛濛亮時，已聽得大女兒房中有開抽屜的聲響，好像在找手套和帽子，十歲的二女兒在和她嘰喳。我翻身起來，探看窗外，果真不假！處處罩了一層薄薄的白，還細細密密地織著。為何上星期還七十多度呢？瞬間有時光倒流的錯覺。氣象預告說會降三英寸，真個密密地下個沒停。兩個女兒跟我報備一聲，就忙不迭出去做雪中遊逛了。五歲的小女兒也要跟，我給她裝備好，帶她出去，沒多久她嚷冷，我們又躲進屋裡。

午後時分，雪已停下，卻狂風大作，到處雪粉飛揚，是往年罕見的景象，顯得暴戾。氣溫因風的呼號而低降到華氏零下。風聲淒厲，寒凍無比，卻拘不住這些女娃兒，依然陸陸續續地進進出出。遲到的雪，對她們是難以忘懷的。

一九九三年三月十三日

春語

春天是一年中相當美麗的季節，自古詩人詠春的作品不少，翻翻《詩詞欣賞》，許多是春天引來的靈感：如「春眠不覺曉」、「春潮夜夜深」、「春宵一刻值千金」、「萬紫千紅總是春」、「天街小雨潤如酥……絕勝煙柳滿皇都」、「雲想衣裳花想容，春風拂檻露華濃」、「春城無處不飛花……吹面不寒楊柳風」……太多了，沒完沒了。總之，它太美，文人雅士們不能不吟誦一番。

來到亞城，更發現此地的春景，美得讓人不忍移目。原就處處綠林擁簇，一入春天，各色花樹紛紛展現它們最美的春裝。霎時，雪白、粉紅、嫩黃、淡紫，綻放得處處繽紛，像趕赴一年一度的春裝盛會，都婀娜展姿、盛妝微笑著。這一片奪目的美，是上天賜給人類忍受冬寒的回饋嗎？

上個週末，我們偕同一位中國友人赴中國城「飲茶」去。他是外子的同事，來自江蘇，妻小還在大陸沒出來。沿途春景歷歷，他望向窗外掠過的成片雪白的山茱萸和紅紅紫紫的杜鵑，不禁歎道：

「真美！真美！真是春光如畫！」我們也都同意讚歎。又不禁向他探詢：

「你們故鄉那邊也開同樣的花嗎？」他笑了：

「我們江南沒有山茱萸，倒是有杜鵑花，還有許多別的。呵！那裡的春天才美呢！整整三個月，氣溫停留在六十多到七十多度，舒服得恰到好處。不像這裡，變化多端，又冷又熱的，好像沒有真正的春天氣候。」

可不是嗎？那天我們在車上還關緊車窗，怕寒氣入侵。都三月中旬了，還得開暖氣。中午又忽然變得太熱，令人捉摸不定，整天穿穿換換的，不知春天在何處？我突然醒悟，原來亞城徒有春景，並沒有典型的春天。在三月到五月間，不過是些殘餘的冬天和過早的夏天的雜亂混合，從沒調出均勻的春天氣候。怪不得去年五月初還得蓋毛毯，過不了一星期，忽然燥熱起來，忙不迭取出風扇。所以這位友人提到的江南春天，真令人神往！難怪有句詞：「若到江南趕上春，千萬和春住。」聆君一席話，對於江南的美，總算有更深的體會，原來「人證」比詩詞更為落實。每年春天，他想必更加懷念故鄉吧？

亞城的春天雖然不儘完美，至少有絢麗的春景，也該感謝了。

一九九四年三月十六日

松

我愛樹，所以挺喜歡綠色，尤其是松綠，覺得它格外含斂高雅而引人。

來到喬州，驚奇地發現這裡松樹之多，尤其在未開發區，密擠擠地成片成海，像是松的故鄉。而在住宅區，松樹依然沒有絕跡，幾乎家家的前後院，總或多或少地留了幾棵高大的野松。此地人就天天在它們高大斑駁的樹幹間出入，互通聲息。有松樹就有松鼠，松樹林間，常引來無數大小松鼠兒，曳著長長尾巴，輕快地攀溜穿梭，在這大片天然遊樂場上，其樂融融。

松雖是常綠樹，也會因新陳代謝不時地掉落一些副產品。家宅後院汽車道旁，聳立著五、六棵高大的野松，常常落了滿地的松針，夾著顆顆到處滾的松果子。到了秋天，開始密密撒下一些硬硬的細碎殼子。於是，不時得掃掃松針、松果子或松殼子……好像成了「松奴」。但抬頭望望那巍巍然的松綠，聞著松脂透出的松香，會做得心甘情願，這是松賜的運動，不也蠻好？夜來聽松濤，是另一番美妙呢！

高大的綠松，不因秋的來臨而變色。它們像是英挺的綠紳士，將再擁著紅豔的楓姑娘，共舞個繽紛燦爛的秋天！

一九九六年九月一日

迎向自然

遷到亞城這些年來，家中間斷地僱用一位能幹的水管工人。他相當高大，祖籍波蘭，有著一頭金髮，三十多歲吧？仍單身，頗自愛，不抽煙不喝酒的，工作認真。不只水管方面，他還擅於建築、電機、泥水、木工、油漆、庭園修剪……，幾乎是家屋維護方面的全才，所以有事就找他。一回生，兩回熟，他漸成了我們家的常客。偶爾在空檔，我會給他飲料、點心；而他在完工後，也會偶爾坐下來，和我們聊上個把鐘頭。在這時間即金錢的時代，真奇怪他怎捨得耗時聊天？他曾提到在俄亥俄州的老家、雙親的節儉、他房客的酗酒、保險費的高昂等等。有時在戶外看他工作，他也會隨興聊起，告訴我如何從樹幹上長苔的位置辨認東南西北、如何修剪玫瑰枝纔能再長出開花……他顯然非常珍愛花木，有時要他多修些下來，他都捨不得。

前些天，請他來修水龍頭的漏水。完工後，我坐下來開支票時，他坐在對面，提到想再買一台新電腦。直立式的較方便印出，但他偏愛手提的。我正想回他，是因為隨身輕巧吧？不料他有個古怪的理由：「有個手提的，可以在樹下作業，纔能吸到新鮮空氣，不用窒在電腦房中，多悶！」他的說法真絕，和我這舊式女人的怪癖正合。我是有空就巴不得出外走走，實在過不慣新式文明這種層層包圍的生活。但今天有多少忙人還記得我們需要呼吸？不是冷氣，不是暖氣，而是大自然那原野的氣息！

和古人比，我們實在「進步」了許多，得到了許多，但和失去珍貴的空氣相比，我們的所得好像很不划算。記得中學時代，讀過一篇徐志摩的文章。文中提到：「我們不幸是文明人，入世深似一天，離自然遠似一天。離開了泥土的花草，離開了水的魚，能快活嗎？……有幸福是永遠不離母親撫育的孩子，有健康是永遠接近自然的人們……」當時只會呆板地背書，竟印證於今天的人類社會。假如徐先生仍健在，對於目前各大都市之嚴重污染，不知會多麼痛心疾首！

「靜極了，這朝來水溶溶的大道……」清新的康橋，誰都神往，但自然美景不只在康橋，可能就在您的周遭。留意去探尋，抽空去穿梭。身為現代人，對於大自然，依然得「莫失莫忘」，方能「仙壽恆昌」呢！

一九九六年四月十六日

卷三・賞

一個輝煌的晚上

三年前，作家琦君女士在來信中提到，亞城有一位林燕，是她在中大中文系執教時的高材生，畢業後來美深造，目前在亞城開餐館，先生姓郭……我想，既然開餐館，一定忙碌，就未急著去聯絡。這一矜持，居然拖了兩年多，直到去年某日，才鼓起勇氣，打電話一試。原來她如此地熱誠豪爽，易於親近。我不禁探問，餐館在何處？她說就在North Lake Mall裡面。真有這麼巧，就在我們家附近呢！

間斷的電話聯絡，直到今年夏天，才在歡迎余江月桂的晚宴上，真正見了面。之後在十一月二十日早上，她突然來電，要請我吃飯，原來他們新開了家餐館，有個開幕酒會。我忙問：

「哪天？」

「二十八日！」這可巧了！就在那天晚上，我們有個校友會呢！

「在哪裡？」

「新餐館叫『光華飯店』，就在八十五號公路和Jimmy Carter Blvd上……」原來都湊在一起了，我忙不迭告訴她：

「我們的校友會就在那天晚上，也正巧是在光華飯店嘛！」她接道：

「我曉得！可是開幕酒會是中午。怎麼樣？那天就過來兩趟吧？我在亞城的朋友不多，妳是其中之一……」她說得很委婉熱誠，可是今夏在僑教中心的晚宴，已讓她大大請過客，不好再打擾，就和她約好晚上見了。

「台大校友會」是我們在亞城最切盼的聚會之一，從不輕易錯過。二十八日晚，我們冒著寒風，來到這令人眼界一新的美麗宮殿。說是宮殿，並不浮誇。一入大門，頓覺其巍峨高大，堂皇亮麗。仰望那懸嵌在廳頂的巨型水晶吊燈，其璀璨華麗，晶閃在由四壁流出的〈藍色多瑙河〉裡，怎不讓人沉醉，恍若置身皇宮了。

在入口處排隊登記時，我們就注意到大廳一角，長長地列著諸多色彩繽紛的豐盛美食，有些還騰騰地冒著熱煙。我們事先知道是自助餐，但沒料到如此講究，如此豐盈。挨近取食時，才發現光是各式拼盤冷餐，就不下十種之多。有位校友不知晚宴之聲勢浩大，光是冷的，已擠滿了盤子，再也裝不下熱的。

幸好對於冷盤，我只蜻蜓點水地略拿數樣，及挪步到熱菜前，還塞得下糯米鴨、炒麵等佳餚。新上任的黃本忠會長還殷勤地在桌邊為大家舀湯，是珍貴的海鮮湯呢！及坐下來品嘗，才發現湯中涵納了不少稀珍的材料，有魚翅、海參、蟹肉、干貝……和許多叫不出名的好吃東西。因我較不慣大魚大肉，一些雞肉、排骨、牛腩等沒去分享，倒多夾了些涼拌海蜇皮，其爽口脆香，滋味難忘！又糯米鴨實在做得好，糯米飯又軟又夠味，很可惜無法每道菜都品嘗，但我相信都調理得很出色。難得的是：材料新鮮，味道都恰到好處，不能再好，中華料理在此已昇華成了藝術，難以言喻，豈是「色香味俱全」就能涵蓋？

餐後，還有五彩繽紛的各色水果。我去取了兩片綠瓜。夏天都過了，這綠瓜還如此香甜多汁。在這兒，連水果都好吃。往長桌一瞧，怎麼，還有紅豆湯？可惜吃不下了。

每次校友會，都漾著喜悅，因大家都來自同一校園，都繫著同一份情，藉此團聚，再度回味青春。此次聚會，更令人難忘，因環境如此美麗，晚宴如此怡人！

一九九二年十二月一日

奇石雅趣

帶孩子們外出，逛紀念品店時，對她們的拉雜要求，常不予理會，因為儘是些價昂而無啥價值的小東西。唯獨對一些奇特珍稀、玲瓏剔透的小石子，會毫不吝惜地隨大女兒挑買，因為我自己也喜愛美麗珍奇的寶石呢！

上星期，隨小女兒她們幼稚園班去亞城東南方的帕諾拉山區公園旅遊。在蒼幽的小徑上漫步，逛入小小的陳列館。只見裡面陳列著諸多野生動物的標本及其生態環境，孩子們興奮得邊看邊嚷著。我靜靜踱到售賣紀念品的小角落，注意到一個可旋的小圓架上，列著多樣美麗的小石頭，我的「石頭癮」又來了。正猶豫著掏不掏腰包，小女兒已趕過來，瞥見她大姊姊眼中的寶物，竟也有同好，嚷著要買。於是隨她挑了不同的三塊，另買了兩塊給她上面的姊姊們，這才滿足地離開。

今日午後，難得沒事，將小女兒桌上那盛著不同石塊的黃紙袋一一打開。店員仔細，在每個袋中各放了張英文說明卡，說明石塊的名稱和來歷。第一塊是來自黃石河谷的白瑪瑙。已磨得外表平滑，半透明，帶有淡褐色花紋，握在手中，冰涼如玉。第二塊是小女兒一眼看中的硼酸鈉方解石，呈銀白色，很是奇特，會透光。將東西擱在石下，會在上方顯出影像，所以又稱為「電視石」，來自加州。其形成乃由含有鈉、鈣和硼酸鈉的湖水蒸發後，沉澱於湖底盆地而成。這種會透光的現象引導出近年來一種新科技——纖維光學。諸多電話系統還藉此用鐳射將聲音轉換成光。玩賞著這塊奇石，真覺大自然之不可思議。第三塊不是玉石，倒是一塊礦石，稱作「孔雀礦石」，來自亞利桑那。原來不是一般黑色的礦，而是黑中綴著細細的紅、藍、黃等各色閃亮的細砂，相當奪目美麗。這種斑銅礦在電機工業和合金的製作過程中相當重要。

手中把玩著這些寶物，又從卡片上得到不少知識，心中覺得美麗而踏實。那塊五彩斑爛的礦石，使我想起先父經營過的金礦與煤礦。那塊白瑪瑙，又聯想起曹雪芹筆下的通靈玉。中國人雖忌諱「玩物喪志」，但在塵勞紛忙中，偶而寧靜下來品玩細賞，應是無傷大雅的調劑。至於透過寶玉而凝構出曠世鉅作，縱頑石有知，也要驚駭不已吧？

一九九四年六月十六日

女兒的海邊

每週一次，大女兒會帶回一疊校課讓我查看簽名。不管英文、社會等總是滿分的多，我也看慣了。但這回翻到最後一頁，是英文作文，居然也得了滿分！這就稀奇了。記得自己以前的國文作文，哪有滿分的呢？細看老師的評語，稱這篇是Super！在分項評分中，結構、句法、形容詞的運用等等皆是Excellent，並稱讚女兒的思維細密，以四年級生的程度來說，這是相當難得的短文了。我好奇地細讀原文，禁不住將它翻成中文：

「海邊吸聞起來像鹽，金色的沙灘綴著繽紛的貝殼，各色的陽傘、人群和零落鋪陳的大毛巾……深藍的海水沖著海岸，激起浪花，再下退，空留形形色色的海貝。

海邊有嚷嚷的人語喧譁、鬧鬧的搖滾音樂，遠處天邊的海鷗尖嘶，沒入海水撞擊沙岸的浪濤聲中……
熾熱的陽光洒在熙攘的海灘上，海水卻依然舒暢清涼。浸濕的沙踩起來像軟泥；晒乾的沙，聞起來就像鹽……這就是海邊，我喜愛的海邊。」

女兒從小學一年級起，就喜歡塗塗寫寫。二年級時，寫成了一本小書，還自畫了插圖，交給老師看。老師大吃一驚，又稱讚又宣揚地，傳達到圖書館室，管理員還為這本書加了封套，裝訂起來。離開邁阿密時，老師不捨地擁著她，對我說：「She's my treasure!」來到亞城，她文氣再顯，同樣受到老師們的喜愛。告別三年級時，她送給級任老師自己寫的小詩集，老師高興得比收到什麼禮物都欣喜。

小妮愛寫文章，但更愛小詩，尤愛描寫大自然。夏天就往溪邊跑，能在溪邊靜坐良久，就為了聽溪水潺潺，任長髮在風中飄……冬天一下雪，就迫不及待衝出去，在飛舞的雪花中玩個夠。她曾寫了一首英文小詩〈雪夜〉，試譯如下：

雪花在空中飛舞
樹兒已光禿
只有月兒的銀輝
映得冰條閃爍
鳥兒南飛
動物們在安眠，日日夜夜。
風兒是唯一的聲音
在寒靜中呼呼嘯鳴。

冬去夏來，她又天天往溪邊跑了。黃昏歸來，她那拖著滿身工作疲憊的爹地也正下班進來。家中常有這種對話：

「小妮啊！要努力！要考第一名！將來當律師，賺一百萬……」

我在廚房炒菜，一貫的名士派，聽到「錢」就渾身不對勁，偏他愛提，忍不住皺眉對他嚷：

「做什麼對孩子提錢？你愛你賺去！讓她自由發展！」女兒的反應是：

「爸爸！我不愛當律師，也不要賺大錢。我希望能當作家、芭蕾舞老師或幼稚園老師……」

這老爸聽到這些「沒出息」的話可洩氣了，又一再激勵她。可惜小妮不幸生就我的頭腦，想的總是現實的另一邊，那美麗而不能當飯吃的一邊，老爺真是白費力氣了。

文學在目前的社會中，幾乎難能謀生。但不管選了哪個行業，文學永遠像心中的大海，無數的寶藏待你去發掘，庸碌的人生將更美麗！

後記：我們遷來亞城已經五年，小妮也已是八年級生的少女了。這篇小文是三年多前寫就，因恐有炫耀自己子女之嫌，壓著未曾發表。現斟酌著謄抄寄出，是換了個角度，藉此文鼓勵急切的父母們，要珍護子女的天賦，毋須因世俗的功利，而強其所難。同時感謝外子的辛勞，他因深歷謀生之苦，對子女難免苛求。

一九九四年九月十六日

專家的風韻

平日深居簡出，較少外出遊逛。真要逛，覺得逛書店最快活自在，可隨意瀏覽，不一定得買什麼。若和外子一起，就尷尬了。他愛書店，但也愛名牌精品店，那是我最不願邁入的地方。節儉慣了，會被那些驚人的價格嚇昏。偏老爺看到愈高價，愈中意。數月前，他從外州回來度週末，帶我逛到亞洲廣場。本來要同赴世界書局，正好經過一家名牌精品店。沒有例外，他忍不住被吸進去，我是無奈地尾隨。

店主是位看來年輕的女士，操著一口帶著華僑腔調的可愛國語。原來她來自馬來西亞，除了國語，還會多種方言。相當親切，耐心地答覆外子的諸多詢問。我發現她對於各種歐洲的名牌皮包瞭若指掌，侃侃而談，儼然是皮包專家。我對於那些皮包和價格無甚興趣，卻被她那豐富的知識深深吸引。有了專業知識，加上合適高雅的打扮，在言談間，蔚成一股引人的風韻。若徒有外表，沒有內涵，一問三不知，就無趣了。遇到她，使我聯想到世間無數各行各業的專家，可能你每天都會遇到一些。有豐富的知識，纔能給人最完善的服務。

數年前剛來到亞城時，外子找來一位傢俱翻修專家，來整修數套皮沙發。這位專家從事此業已數十年，其老成幹練令人佩服，又熟悉古董傢俱，知道如何重修古董。他以其長處謀生，也以其長處自豪吧？

十月初帶小女兒去報名學芭蕾舞。舞蹈班主任是位嬌小玲瓏、保養到家的女士，積三十年的教學經驗，實在看不出已年過六十，還有個六、七歲的孫女兒也是學生，而自己仍孜孜教舞未輟。初次見面時，她在舉手投足間流露出的優雅，令人難忘。

人人都該有深沉的學習精神，努力的鑽研態度，至少培養出一種專長，才算有些成就吧？只泛泛地懂點皮毛，是不夠的。

一九九四年十二月二十七日

平安是福

不知是哪位朋友，逕自替我訂了基督教的《中信》月刊。它月月來，堆積在案頭，只有微暇，才稍翻翻。日前將剛到的一本隨意一翻，赫然是我的「華訊鄰居」朱剛教授的一篇大作〈不再是個破滅的夢〉，還有朱教授伉儷的合照。常在台大校友會中見到朱先生，倒沒記得見過他夫人，原來她如此雍容賢慧模樣。且說朱教授的大作我從不錯過，當晚心中添了份喜悅，快快洗了碗，急回臥室欣賞去。

萬沒料到這讓我期盼的文章，卻教我內心漲滿了淚水。戰爭呵！八年的戰爭，不知讓多少中國人顛沛流離、骨肉離散？漫天漫地的砲火，三餐都不濟，哪談安定地受教育？這中國近代史上空前的大浩劫，還不提文化大革命，相信仍在上一代人的心中隱隱抽痛，是永生難忘的。

我幸而屬於戰後嬰兒潮，未嚐過戰火，卻點滴地從長輩的口中得知戰時的困苦。當時台灣物資缺乏，一切採配給制，一般平民餐餐吃番薯粥。媽媽在拮据中養育大哥和二哥。大哥聽話，家中有什麼，吃什麼。二哥倒哭鬧著不要吃粥，要吃飯。媽只得淒苦地哄他：「乾飯留給爸爸帶便當……乖！」我上頭原有個姊姊，極幼時在戰火中染疾而夭，媽哭昏了去……台灣光復了，一切苦難過去了，空餘褪不去的回憶，還有點痕跡，就是大哥、二哥還讓長輩喚著日本名字。家中老爺幼時曾讓婆婆背著躲轟炸，在防空洞中進出，也算是嚐了戰爭的苦難。他目前還有個怪癖，就是東西買起來一大堆。有次搬回十來個良友牌筍罐，又把我嚇煞。見他搬得勞苦，不忍太責怪，只打趣他：「做什麼買這麼多？明天要空襲嗎？」

比起來，美國人幸福太多了，自南北戰爭，一百多年來，未曾罹受任何戰事，如此地安穩富庶。他們對人生的體會自沒有華人來得深刻，也沒有華人的惜福、節儉。他們的人生目標往往是追求逸樂，而非艱苦奮鬥。下一代未經戰禍的華裔年輕人，也有這種可憂的傾向。所以身歷抗戰的長輩們，無妨找機會對晚輩們訴訴往事，讓他們體會到在安定的環境中求學就業有多幸福！我們常抱怨，美國課稅太重，想想沒有戰爭，很值得感激了。

一九九六年二月一日

拾語

一、媽媽的話

媽媽年年在美台兩地間來回跑。來到美國也不是安住一地，而是跑遍我們兄弟姊妹所居之州，再繞回加州之西來寺，暢享她的齋居禮佛時光。

昨天，與正在佛州「巡視」的她電話閒聊，問她老人家會不會被「時差」搞昏了頭？健朗的她侃侃回道：

「怎麼會有時差？我的生活跟著太陽啊！看到太陽起來，我就起來了；太陽休息，我就休息。」原來這麼簡單！

二、先生的話

外子回到家，向來話最多。多年來，我一直是他的忠實聽眾。其實內容不外是公司裡的人事糾紛和電腦的軟體、硬體等等，也不管我這女人的腦筋是否塞得下？

某晚，他又話河滔滔，我忍不住中途叫停：

「你怎麼知道我喜歡聽這些？我猜，你從來不曉得我們心中在想什麼。」

他沉寂半晌，才慢慢回道：

「妳們在想，明天要穿什麼。」

三、女兒的話

跟我努力學過一陣子中文的二女兒，有天突然問起：

「中國人通常給女孩子取些什麼名字？」我回道：

「大部份跟『美』或『玉』有關，所以有些是女字旁，有些是玉字旁。」接著我提到，我的名字就是玉字旁，又取出媽送我的一塊圓玉。

「嘉麗，看！這塊中間有個小孔的圓玉叫做『璧』，就是我的名字。」她端詳一陣，卻回道：

「我不懂什麼『璧』，看來倒像塊綠色的甜甜圈嘛！」

一九九八年四月十六日

歡樂週末

西岸來了一顆文壇上耀眼的星星，璀璨亮麗。她美目盼兮，慧光流照，巧笑倩兮，才華橫逸。

從未見過如此特殊的奇才。姣美的小口竟能如此快節奏地吐出上百串幽默逗趣的笑語，真正如海報上所言：「每分鐘一小笑，三分鐘一大笑。」所以四月十八日週六下午的僑教中心，是群眾哄笑不斷極為罕見的歡樂場面。有誰經歷過這種熱烈掀起聽眾回響的精彩演講呢？

她那緊鑼密鼓似的幽默笑語中，大部份涉及婚姻生活裡的兩性衝突。婚姻生活的滋味，原是「如人飲水，冷暖自知」。當然，有的淒酸些，有的幸福些，但兩性的衝突總是難免。兩性的相處之道，是一套極為艱深複雜的哲學，沒有人能修到「博士學位」，端賴歲月的累積慢慢地沉澱出，這期間真是「多少柔情多少淚」，是男女每天要面對的痛苦、接受的挑戰。而，我們這顆「美麗之星」竟以無比詼諧的串串笑語，輕鬆化了這份古往今來、惱人不斷的兩性衝突，在這緊湊繁忙、理念價值急遽變化的現代社會中，是多麼適時應需的美好調劑！無怪乎她的十多本著作銷路蓬勃，萬人搶購。文壇上的作家紛紛，卻非每位的作品都能如此「貨暢其流」。固然她算幸運，但何嘗不是她的智慧，在百病叢生的社會中，「扎」對了方位？何嘗不是她的勤奮，一字一字鍥而不捨地堆砌了二十多年？

沒有一份豐收，是不經過辛苦的耕耘。西洋人有句話：「假如你種的是蘿蔔，別期待它開出玫瑰。」那天門口的長桌上，排滿了她那十多種琳瑯滿目的著作，就像是她耕耘出的玫瑰花園。對於她那難以想像的辛勤，怎不心生感動？

真感謝《廣東月刊》的譚煥芬女士，能千里迢迢，請來這位活潑熱誠的文壇明星——吳玲瑤，來與我們歡度週末。

一九九八年四月二十日

由「古典玫瑰園」談起

在美國住久了，對台灣的一切，還真孤陋寡聞，不知道有那麼一家高雅的餐廳聯鎖店叫「古典玫瑰園」，由藝術家開創，濃濃地散發著優雅浪漫的玫瑰氣息。

今年十一月底，為赴世華作協大會，匆匆回台八天。抵台第三日，即大會開幕前一天午後，好友瑲吟夫婦即來邀約同赴士林官邸去看璀璨繽紛的菊花展。是日寒流來襲，在寒風中撐著走逛遊賞各色菊花的豔容冰姿。數小時逛盡園林幽徑和大小展覽館後，在暮色加濃、寒氣漸侵中，瑲吟提議去附近一家「古典玫瑰園」喝熱飲暖身一番。她先介紹，這聯鎖店是由專畫玫瑰的藝術家黃騰輝先生於一九九〇年所創，已在全球各地開了五十家分店，很有名氣呢！

一踏入這家士林分店，裡面的氣氛果然很「玫瑰」。先是櫃台上滿滿一大瓶嬌豔紅玫瑰笑迎著，接著注意到裡面的壁紙、燈飾以及餐具等等，都有玫瑰的芳蹤。是何等玫瑰情懷的藝術家呢？如此地熱愛玫瑰。當晚，我們自然先點了玫瑰茶，年輕卻訓練有素的女服務生都非常溫文有禮，我和瑲吟夫婦都各有一壺在瓦斯爐上熱著的玫瑰茶，可隨興取用。處處飄著玫瑰的醇香。其西式套餐也很精緻。我點的是素食套餐，除了享受茶香，我從沒吃過如此醇美的素餐，飯和菜都軟滑適口，是加了玫瑰愛心烹調出的嗎？一邊品茶，一邊觀賞茶壺上的玫瑰花飾和甜點盤上的玫瑰花瓣兒。游目所及，但見桌巾上、牆上的龐大鏡面上、天花板上，處處舞著玫瑰花兒，像是在與玫瑰約會，做著一個玫瑰夢，在台北的寒夜中……瑲吟多禮，餐後她又趕去櫃台購買了一些玫瑰茶、玫瑰杯子、玫瑰月曆等玫瑰禮，讓我攜回美國。

今晚在美國的家，欣賞著月曆上的玫瑰畫，並細細地讀著這位藝術家的故事。他將其藝術夢想付諸實現後，屢創佳績：其玫瑰企業目前為台灣最大的英國茶聯鎖體系，已於二〇〇一年成立倫敦分公司；其創作的玫瑰油畫作品，為華人第一位以油畫作品榮登國際VISA卡封面的藝術家；其瓷器作品在八十餘國家均有收藏……台北的藝術文明在國際舞台上已毫不遜色，在桃園國際機場可看到藝術家手繪的荷花壁畫和用琉璃塑出的荷花田。一個可讓藝術家「出頭天」的都市是可愛的。

二〇〇八年十二月九日

紫色光芒

籌備了近一年的「亞特蘭大之夜」舞蹈秀，於六月中旬在喬州理工學院的藝術中心盛大公演。嬌小的她，身著紫紅色禮服，上台答謝觀眾的熱烈掌聲。她來自紐約，因在此地教舞多年，已深深愛上亞城。這次演出的主題，就是亞特蘭大，精彩得令人感動。

首先映入眼簾的是《飄》中塔拉農莊的壯偉樓屋，繞著白色的山茱萸花，添上彬彬有禮的紳士們及長裙曳地的淑女們的來往走動談笑，加上孩子們的玩耍嬉戲，一片舊時代的安定和樂……忽然，內戰爆發，霎時，天旋地轉，大家匆促逃竄，男士們入伍，與家人生離死別……北軍終於入城，亞特蘭大浴在火中……終於平靜下來，生還者再與家人團聚，亞特蘭大重建中……今天，亞城有了嶄新面貌，舞台上的背景已換成一幅熠熠生光的群樓高聳景觀，非常亮麗！

一批批不同年齡的舞者在高樓前舞出一齣齣她們苦練的結晶。四、五歲的小女娃們畢竟初出茅廬，不能強求，但隨樂起舞，算難能可貴。至於十多歲以上的大女孩們，就已爐火純青，一顆顆儼然是舞台明星了。她們那芭蕾的優雅、踢躂的敏捷、爵士的洒脫、墊上運動的熟練，為此秀增色不少。她們舞出了《飄》的主題曲，舞出了「可口可樂」的招牌歌，舞出了「勇士隊」的衝刺奏捷……她們舞出了亞特蘭大！

觀眾熾熱的掌聲，相信帶給她不少安慰，也撫平了一年來排練的辛勞吧？沒有比家長們更瞭解她那份為表演藝術的奉獻和努力。初次見到她，是四年前帶小女兒去報名的時候，我是從電話簿上偶然覓到，還未知其盛名。依址去找，竟找到一幢紫色的小屋，幽立在兩棵高大的綠樹下。馬路邊竟有這種顏色的建築！神秘得像在夢中。推門入內，發現才「紫」得厲害呢！有低垂的紫窗帘，厚密的紫地毯，鋪了紫桌巾的小桌上擱著紫瓶花，而紫色的辦公室外，有個紫色的信箱……真被密密地「紫」住。終於見到這位曾在紐約百老匯享盡盛名、又有三十多年教舞經驗的舞者。她有一頭束起的長長黑髮，身材嬌小得不像一般美國人。推算，不止六十歲了，卻滿臉煥著光采，聲音極為柔和。她不用跳舞，其舉止言談間所流露的風韻，已讓人神馳。小女兒在她的柔細教導下，持續地學了四年。從芭蕾、踢躂，後來又加上爵士、墊上運動等，學得不亦樂乎。多年來，家長們已領受到她的教舞，不是教著玩，而是全部精神的投入。她常殷殷地鼓勵學生們回家要練。每次下課時間到了，她仍意猶未盡，多教十來分鐘，務必要學生們做到好為止。這份對完美的堅持，成就了台上的輝煌圓滿。

當晚落幕後，帶著卸妝的小女兒出來。亞城的夏夜，八點多仍亮晃晃的。駛經擁擠的第十街，望向兩旁的高樓大廈，倍覺親切，想起台上那熠熠生光的背景，這就是今天的亞特蘭大！她用舞來愛它，我們用什麼來愛它呢？

一九九八年七月十六日

羨

在舊金山一〇一號登機門靜候長榮班機時，瞥見斜前方不遠處坐著一位華裔貴婦人，身著藍綠色及地絲絨長洋裝，在與身旁的男士聊天。呵！是絲絨耶！竟穿著旅行。心中仰慕那流閃出藍綠的細柔高雅，切盼等她站起身來，看看是何等貴氣模樣？

時間逼近了，終於，她與身旁的男士一道立起身來。但見她提了行囊，卻不知從哪兒亮出一根折起的杖。見她一節節地把那杖子伸長，就支著那根，她一拐一拐地離去……我呆愣著，竟忘了去瞧瞧那襲絲絨的模樣。

（寫於二〇〇八年十一月二十七日由亞特蘭大抵台參加世華作協大會前夕）

花供

這些年來，家累繁重，許久沒去問津佛學社。最近，偶然得知每週六晚，有法師前來教習打坐、練功健身，又兼誦《金剛經》等「節目」。於是理畢家事，弄妥孩子，當晚和外子興沖沖地趕去赴會，希望在繁忙的俗務中，來一段清淨境界。

久違的佛堂，金燦的眾菩薩依舊輝煌。行過三叩拜禮後，法師還未來。秉著好奇，繞場細細端詳，在排排的佛書中流覽。書名多是熟悉的，家中也有，只慚愧許多還沒翻看呢！忽然，在靠佛壇邊的頂排書櫥上，看到了美麗的花，而且是鮮花。寥寥數朵粉紅，各婷立在一對描金的白瓷花瓶中，周遭還瀰漫著點點小白花。這些「花點」是如此微小，使粉紅的主花蒙上了一層虛幻的美。

「啊！康乃馨呢！是誰插的？」忍不住對身旁的外子提示詢問。

「花麼？我今天中午進來借佛書時，就看到一位女士在插花。」

正想細問是何等女士，他顯然對花無趣，逕自走開了。理他呢！不管是年輕的、年老的，能插出這番意境，一定有顆美麗的心。媽媽以前曾說過，常在佛前供花的，能修得好容貌，是有道理，端莊來自美麗的心啊！

總算法師蒞臨，在彷佛無比漫長的靜坐後，接著習練「八段錦」，多種招式都是健身功。一靜一動後，才是壓軸——金剛經。這部無上甚深微妙法，一直是我心中奉為至寶的經典。從「如是我聞，一時佛在舍衛國……」一直到「皆大歡喜，信受奉行。」我們浸沐在咯咯的木魚聲裡，悠揚的磬擊聲中，還有那裊繞的檀香薰著。雖還未臻「深解義趣，涕淚悲泣」的境界，想大家心中，多少有些法喜。

拜別法師，告退佛堂，我這女人的心還揣想著那對供著美麗生命的瓶花。繞著粉紅的點點白，不就是康乃馨的點點梨花淚？

一九九四年十二月一日

藝術家的時代心聲

當文學邂逅了藝術，就有美麗的依附；而藝術若迎上文學，其靜默的美才有旁白。

雖隱居卻以滿腔熱忱關懷著國家、世界的藝術家陳文澤先生，隨著耶誕卡，寄來好幾份剪報，有其最近凝聚心力完成的創作，幅幅生動，在無聲訴說著他對美國新選出的第一位黑人總統寄予多大的喝采與期望！這些登場畫面的主角全是過去所無的有色人種，但他處理得那麼美，美得令人眼濕。想人類的民主，可以昇華到今天的絕對平等；人類的心胸，可以開闊到今天的無所不納，正是：「普天下沒有我不愛的人」。而今在這最前進的民主國家，人民如此圓滿地達成了馬丁路德在五十年前的夢想，多神妙的奇蹟啊！

好喜歡文澤這一系列新畫的第一幅「It Is A New Day 11-5-08」用來慶賀奧巴馬的脫穎而出。從未見過這麼柔美的褐膚女子，柔髮披肩，豐圓而煥發光澤的肩、胸與手臂形成多重優美的弧線。少女斜坐畫架前，側頭低眸在凝賞貼近腰際的一大簇海棠花葉，右臂舉著，試著要描繪出海棠的風采。背景是微風飄起的多色窗帘兒，窗外遠處是藍天白雲、綠野溪流……全幅畫面上交織著柔、善與美。嘆服的是，他巧妙地以少女的面部表情，透露了肉眼看不到的心境，至善至美，如仙女下凡。是資深藝術家的功力啊！

陳文澤來自中國南方，自小樂畫，以優異成績進入美術院校苦學，學成任教八年後才來到美國這花花世界。十六年前抵達紐約，任高檔時裝花布設計師。和許許多多紐約人一樣，常常超負荷地投入工作，如一匹賽馬，快馬加鞭，激烈地奔馳於賽馬場，只為了那金燦數字的累積。直到有一天，他疲憊地來到那高聳雲霄的自由女神前，黯然坐下，開始省思這累積數字的玩命遊戲究竟意義何在？他內心淚如泉湧，想到該如何活著才對？該做些什麼最開心？就這樣在人生的加減乘除中，他毅然選擇了眾人少碰的減法，開始四處遊覽博物館……終於離開快漩渦的紐約，放下所有「1」後面無限加數的狂想，來到「飄的故鄉」亞特蘭大，重拾自小就喜愛的畫筆……直到亞城也急起直追，成為另一個紐約，他只好又一次將自己放逐，隱到州北的藍嶺中。

在這舉世恐慌而恐怖的大時代巨變裡，他忍不住拓展關懷，希望世人也心連心地以「減法」來度過難關。他將滿腔熱血流注畫布，請大家團結信賴即將就任的新領袖，願上天庇佑美國！

謝謝文澤！讓我們藝文合作，在大時代中獻出心力和祝福！

二〇〇九年四月一日

金砂飛揚

數月前，一個週六黃昏，舒閒地在頂好市場推車選購。忽然巧遇外子的好友姚先生，他很快和我打招呼，還介紹身旁一位年輕的陌生人：

「這位是宋揚，從外地趕來參加今晚的歌唱比賽呢！」這位年輕人漾著謙遜的微笑，還熱切地過來握手。我心想，大概是台灣來的留學生，不過是業餘性地來湊熱鬧吧？對他輕微點頭，未特別注目。後來從報上得知歌唱比賽揭曉，而勇奪冠軍的，居然就是他！這才對自己當初的大意感到好笑，天才現前還不知道，真是有眼不識泰山哩！

「呵！是他！」厚幕升起，今晚，這位泰山就聳立在台上！擠得密麻麻的上千觀眾都屏息以待地要聆賞他的輝煌歌藝。美國音樂家Dalton Baldwin讚揚他的歌聲像金子一樣美麗。今晚，當他那雄渾奔放、亮麗輝耀的嗓音震遍全場、響透屋宇時，一波高似一波，如飛空煙火，亮出火樹銀花，碎金寶華，飛舞繽紛。多少顆心，亮了又醉了，滲入喜，又牽出愁，流入愛，又動出情。假如用顏色來比喻他的音色，恰如孔雀之金燦輝煌，美奂無比；假如用音樂來形容他的音域，恰似萬馬奔騰之交響樂，如是豐富寬宏。當他悠悠懷古地投入〈大江東去〉時，他是蘇軾；當他慷慨激昂地高歌〈滿江紅〉時，他是岳飛；當他專情幽柔地唱出〈教我如何不想他〉時，他是劉半農；當他輕快活潑地吐出邊疆民謠時，彷彿正處在野花芬香的曠原高山上……

我們愛他的中國歌曲，他使我們感到中國還有希望，縱然歷經十年的文革蹂躪，仍有天才殘存，仍有天才在滋長。他牽出我們的鄉愁，讓我們對逝去的驕傲，對未來生出信心。他的西洋歌曲一樣動人，一點點都不遜於洋人的演唱，我們的才華，是可以在國際上熠熠發光呢！

最後，他以數首港台流行曲與觀眾結緣，真做到了滿堂俱歡，成功圓滿。

一九九五年五月十六日

雅聚

——賀「百福茶館」開張

好難得！能暫別柴米油鹽，在個乍暖還寒的週六黃昏，應好友林燕之邀，趕赴亞洲廣場一家新開張之雅緻茶館，和文友們會面。

倒沒料到，除了文友唐述后外，還有數位未曾謀面的畫家、平劇家……以及女店東之一的廖友銖女士。早就慕名擅古箏的廖女士，當晚才親見其人，親賞其藝。她很美，因子女已大，該算中年，卻保養得非常年輕優雅。

一道道的小菜擠滿了小圓桌，菊花茶飄著香，在幽柔的燈暈中，我們數位隨興地聊。左手邊的唐述后，很是雍容高雅，坦率親切，聽她暢談師大往事，煞是有趣！右首的林燕和她平劇社的好友，也不時插入妙語。對面那白晰清秀的女畫家，還帶著她那靈慧的小女兒。這小女娃一口流利國語，真令人驚奇！

在國外，小一輩的能說好的國語，已是鳳毛麟角了。

忽然，台上傳來幽揚的二胡，是熟悉的〈甜蜜的家園〉。這首普通的曲子，為何竟流得如此動人？是我國的傳統樂器能吐露更多的感情？抑或拉弦者格外地專心投入？接著一首連一首，都是感人的傾訴。總算，美麗的廖女士上場了。早瞧見台上架著古箏，終於有名主去撫弄。只見她優美的雙手在十多根弦上熟練靈透地托、擘、抹、挑、勾、揉、按……等多種指法參差飛舞。霎時，千音萬籟都出來了，有流水，有鳥語，有似漁舟唱晚，有似蕉窗夜雨，還有諸多大自然的音聲，配上如泣如訴的二胡，這份美，該如何形容？又如何能不震撼地領受呢？

我國傳統的音樂，原來如此優美，還不談滿牆懸掛的書法、繪畫、刺繡、手藝，及滿櫥陳列的各式茶壺古玩。我們累積數千年的文化原來如此豐厚，在多數國人紛紛崇洋的今天，是否愧對祖先太多？這承先啟後的擔子是否太重？席間，我們有幸欣賞了林燕慷慨展示的閨房珍品……一大幅詩聯（為其八十五歲恩師所題寫）。且不論詩句之清雅，僅字體之俊逸工挺，已令人嘆為觀止。這就是我們的文化，連字都可以當藝術欣賞，何況音樂？

有音樂總得有歌。不久，大家起鬨，請對面的女畫家上台獻藝。真沒想到，她能畫能寫，竟還能唱。音色之美，使我不禁對唐姐私語：「勝過婉曲嘛！」後來聞說她也能唱青衣，我極愛平劇，遂慫恿林燕「逼」她上台來一段《蘇三起解》。唐姐看她為難，上台為她助陣。但這種二胡不是配平劇的，總算勉強湊一段。我這才有點悔，不該耗了她的金嗓子，平劇不是簡單的。倒是林燕的好友在台下也有板有眼地哼了段老生戲，聽得蠻過癮的。

享福有盡時，想到家在等我，總得告辭。臨走前，不禁對林燕道：「怎麼我喜歡的都在這裡？」她笑了。可不是？琴棋書畫，大部份有了。在此所享受的，豈止百福？是無可勝數了。

一九九五年三月十一日

卷四・悟

中道

我們華人向來講究中庸之道，數千年來，秉守的美德是渾厚、含斂、守缺、知止。這些在目前這急遽競爭的工商科技時代，好像顯得落伍而沒出息。其實日日計較圖利己的現代人，又何嘗有真快樂、真解脫？

事實上，不可能每個人都是第一名，都站到最高點，而是各人有其能力所能及的恰當點即成。所以人生的目標與其為了爬上最高峰，不如是為了尋覓舒適妥當的中點，方能不偏不倚，恰到好處。可惜許多人在做永無止境的追求。其實沒有一件東西是多多益善，多則濫矣！「不知足」是現代人的通病，也是奔忙之根、煩惱之源呢！

守中道不是呆滯寂靜，什麼都不動，而是內心如如不動，卻常生智慧，待人處事活潑俐落，能隨緣周旋，隨機應變，因時、因地、因人而制宜，總有理智在操縱，而非感情用事。若能做到「隨心所欲而不踰矩」，那「心」也已經過大修持了。

華人的中道，還表現在對感情的處理。我們懂得制樂節哀，有修養的君子是不露喜、不顯愁的。不像電視上的洋妞們，一中獎就又笑又叫又跳地瘋狂，一失落又頓足嘆息地悲憐。他們喜歡你，往往來個熱烈的大擁抱，這對初來的華人很不習慣。記得多年前在邁阿密時，我因產期在即，向女老板告辭，她竟來個拉丁式的貼頰擁抱禮，差點教我後退三步，其實也不過是當地的洋禮節。洋人在禮節上之偏，還明顯表現在衣著上。他們的正式場合，女士們往往容易傷風，男士們卻「包紮」得會流汗。另外，他們之謹守法律條文，常到了呆板可笑的地步，雖然其好處是一絲不苟，但偶而也得斟酌情況，因人畢竟是人，不是機器啊！

所以我們華人在海外，不但不用自卑，還很可以自傲。我們數千年來傳承的哲學，不知有多少「甚深微妙法」在內，等著我們去採擷、奉行、受益呢！

一九九七年一月十六日

堅持

在這父母權威日漸式微的時代，教養子女真不容易！

為何現代的青少年「流行」著晚上節目多多，早晨卻在昏睡中耗過？過去數十年來，先後帶大四個子女。為了不使自己落入老套，讓子女厭煩，我一直努力做個善解開明而不嘮叨的媽媽。往往立個大原則後，細節由子女們自己做主。在課業方面，很幸運的，子女們各個都能自動自發，拿回優秀的成績，不用我盯著操心。我常對他們說：「我不在意你們的成績是否一百分，但我希望你們的身體健康一百分！」留得青山在嘛！偏「夜間外出」的潮流沖得時下的年輕人披靡，沛然誰能禦乎？老大是男孩，好像還知節制，我較少憂心。倒是他下面的妹妹——大女兒貞妮，總是衝著我的規範挑戰，我和她戰得最苦。美國學校流行一個十分不好的「節目」，即畢業舞會後，留在學校鬧到天亮。那回貞妮硬賴在我房內哀求，讓她也夜間鬧去，我一千個不准就是不准，她只好轉向寵她的爸爸。她爸爸想趁機加深她的宗教意識，說：「先去佛堂向觀音菩薩拜一百拜去！」我忙接口：「不行！一千拜都不行！」這種「節目」太胡鬧了，完全陰陽顛倒嘛！

二女兒嘉麗內向，不喜交際，沒事。未料到一向聰慧乖巧、成績十分優異的小女兒艾梅上了高三後，也漸有她大姊的外出傾向。為了不糟蹋她的玉潔品格，我不過份說她。但偶而她超過十一點仍未歸時，我就不會顧全她的面子，一通電話介入她們的好時光，她馬上乖乖歸巢。但是昨晚我在十一點多一通電話過去時，她居然回說還不算太晚，有再拖之意，我只好嚴正地說：「車子是媽媽的！」她才不吭聲。她回來這些天，我體諒她這個暑假都留在大學化學實驗室做全天工，於是讓她在亞城儘量舒閒鬆弛，但總得有節制啊！

這時代是個吸人的大漩渦、可怕的大染缸。年輕人最怕被孤立，很容易盲目地跟著人群走，唯恐不一窩風，於是在毫無防備下被吸入、遭污染。社會的生活及品德教育不足，為人父母者若不奮力堅持原則，後果就堪憂了。其實，現代的青少年學生最可憐，他們面對著前所未有的功課壓力，加上多種課外活動的參與，夜間時間用來養眠都不夠，哪有資格外出？《讀者文摘》有一期嚴重提到，美國青少年普遍的睡眠不足，上班族也是。偏「夜遊」在此社會是如此時髦。

記得數年前一次北一女校友會上，某校友提及，每逢寒暑假，其子女從外地大學回來時，家裡的秩序就被搞亂。他們是白天睡覺，夜晚才是活動的開始。於是每次子女打電話要回來，她就說：「你們又要回來啦？」子女們在家暢享假期時，她會問：「你們什麼時候走？」她的子女詫異道：「媽！沒有人這樣問的。」

半年前，隨校友會去遊墨西哥。在遊輪上，我的室友常夜間不見人影，不是去跳舞、玩牌，就是去吃宵夜、打麻將……而我是早睡早起的，她說我是「乖寶寶」。我是寧可當乖寶寶，「乖」的好處可多呢！

行筆至此，天纔矇矇亮。真好！又將迎接陽光燦爛的一天！

二〇〇八年八月七日

夏雨・夏語

閏二月，推遲了端午。端陽雨，延洒到六月底還不歇啊！屈原淚，快沾上星條旗了。這時節，像久窒的委屈，無處宣洩，於是抽抽泣泣地，沒完沒了……

＊　＊　＊

多年來，家中零落地有不同國籍的學生和我學中文。除了美國人，有來自英國、德國、法國……甚至土耳其等不同族裔，相當多采有趣！

去年春天，一位十七歲、住過夏威夷的美國女孩開始每週來學中文。今年春天，她們全家遷去佛州，她仍然繼續在電話上跟我學。我這獨特的「電話教學」持續了近四個月，直到上週六，她曇花一現地來到亞城，一時又回復了去年的「面對面」上課，還捎來了一本相簿，是她姊姊當六月新娘的婚禮流程。

好獨特！沒有教堂，而是海邊；沒有紅地毯，而是白沙灘。新娘手捧白中有著朵朵嬌紅的花束，式樣簡僕大方的曳地禮服和婚紗在海風中輕飄。新郎是一身英挺的軍裝（他是軍人）。來參與的親朋好友沒有西裝革履或套裝、高跟鞋的。男士們一律是輕便花色的夏威夷衫，女士們則是涼爽舒適的各樣夏日洋裝。而我這寶貝學生是唯一的伴娘，一身淡藍的兩件頭夏日洋裝，手上一束白花，沒有任何拘泥，看來悠閒清雅。沒有隆重的鋼琴伴奏，而是輕巧的小提琴在海邊拉出祝福。多別緻的場面！多溫馨的氣氛！在這艱難時期，何須斥巨資去舉行堂皇卻舉債的豪華婚禮？儉樸一樣可以美麗呵！

* * *

且說上述的這位學生從未正式入學，而是她那偉大的媽媽在家調教出的「在家學生」。其成熟懂事、聰慧好學，實不遜於一般學生，而其努力用心，更是罕見。去春來此，從不識之無，到如今已接納消化了數百漢字，加上一口基本會話，正學得興緻勃勃，還即將二度赴台教英文，並繼續努力中文的深造，實現其東方夢……而時下仍有不少虛擲光陰、耽於逸樂的青少年，其受大環境之污染，實令人惋惜。年輕人有無限的潛力，假如他們肯專心努力啊！

* * *

當美式的闊綽開始受挫，當謀生之路漸趨坎坷，「瞎拚」已是毋須有的奢侈。吃緊中，何處是無憂笑語？何處是海闊天空？遍尋塵囂皆不是，且返靈溪深處。從「無」中悟出的真「有」，方為長久呢！

二〇〇四年七月三日

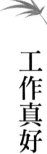

工作真好

年輕人在為謀生奔忙時，可能憧憬著將來退休了，不用上班真好。其實不管活到那一把年紀，即使不用上班，有任何健康的事情可做，包括家事、庭院工作、園藝、繪畫、健行等等，都可使身心活得更為愉快。

任何一種工作，不是運腦，就是動體。腦子是愈磨愈靈，身體是愈練愈壯。很奇妙的，腦筋和身子是不能嬌慣的，若尊貴它，讓它鬆閒下來，反倒不俐落，「老」就趁虛而入了。我曾在一些不同的單位，看到不少快樂的老義工，他們退而不休，服務得精神愉快。養尊處優，讓人伺候，已不是幸福的事。我常記著媽媽說過：「寧可有做事業，不要有生病業」。不禁想起台北的嬸嬸在困坐輪椅，日夜由叔叔加上兩位外勞輪流照看，讓人心疼她的困境。想她過去如何靈透殷勤地招待來訪的親戚，過年回三重埔叔叔家，嬸嬸總把我們的碗盛滿了雞肉……這是心酸的無常，所以我們在身康體健時，能不滿懷感恩地珍惜當下、快樂做去嗎？年輕人在上班之餘，最好多多培養各方面的嗜好，為晚年生活預做美麗的投資，才不會一旦休閒在家，全盤空虛呢！

我們「書香社」有位鍾先生，他行醫退休後，將自己的生活打點安排得紮實多采，除了常跑圖書館借書閱讀外，閒暇還畫畫、寫毛筆字、做菜、唱歌、跳舞……什麼都來一手。他看來春風滿面，早把「老」甩走了。每月一次的讀書會，他都捎來一些好文章讓大家分享。去年春天，我隨興送他一首自填的小詞〈亞城之春〉，未料他如此慎重地將詞中所寫以畫筆細細描繪出來，還綴上隸書寫出的詞文，如此書畫並茂地回贈我，好感人的禮物！

讀書使人年輕，藝術使人年輕，雜事和運動都使人年輕。有事做，真好呢！

二〇〇八年三月八日

恬適中年

家中的二女兒挺好問，我又不愛多言，所以常嫌她煩人。不久前，又被她纏住：

「媽！您比較喜歡以前的自己，還是現在的自己？」哪來的古怪問題？見她逼來的眼神，我稍楞片刻，很快不假思索地回道：

「我喜歡現在的自己呢！」

「為什麼？」又來了！尋根究底嘛！

「因為我小時候經常害怕，怕打雷、怕媽媽離開我、怕上學遲到、怕學校考試，怕許多許多……現在呢，我什麼也不怕！」她卻雙眉一鎖，不以為然地說：

「媽！您不是還怕蟑螂嗎？」我不禁笑了，好個厲害丫頭！馬上逮到我的短處。

且不提那個在邁阿密橫行的討厭東西，目前的自己，真覺得心中除了佛號，安安穩穩，沒有什麼可牽掛的。多年前，剛入四十大關時，說真的，心中有幾許惶恐，幾許不情願。畢竟是女人，誰愛年華老去？但仍強裝勇敢，在「世副」上寫了〈四十年華〉、〈我愛中年〉等小文。今天，再回首來看中年，倒是真心地喜愛中年，沒有一絲牽強。

其實童年時期、少女時代、少婦時期的擔驚受怕、惶恐不安，都是莫須有的，只是當初涉世未深、閱事未廣，經驗不足以凝成智慧來修出氣定神閒，安適寧靜。但誰能生出來就是歷練的哲學家呢？非得歲月的累積、人事的滄桑方能磨出一份穩定圓熟，無有掛礙。所以人應是愈活愈風光，到了老年，定有一番更高的境界。華人的傳統，是對老人尊敬有加，不像洋人只看外表，愈活愈不受寵。而偉大的政治家角色，卻非老人莫屬呢！

進入中年，開始嚐到了內心安穩的舒適。在人生旅途上，已不用匆匆地趕路，而是悠閒地漫步，更高境界的美景，在等著你前去欣賞。只要健康，心中時時是春光明媚。春天，不只屬於年輕人呢！

一九九六年四月一日

惜物漫談

任何東西，我都喜歡好好保護，用個天長地久，也就受不了換來換去，或用過就丟。於是一趟旅行回來，皮包中常有航空公司和各家餐廳的各式早可丟棄的美麗紙餐巾。

記得剛來美國在康州時，和外子參加一些老美的餐會，對於他們用過即丟的塑膠刀叉，常覺可惜，於是暗暗保存了一些透明的和色彩鮮艷的塑膠餐具。到了人類垃圾氾濫成災、地球已不堪負荷的今天，「環保」已是最流行的口號時，再將這些古老餐具亮出來，真有不少感觸（在七十年代美國還算富庶的時候，那些厚實的塑膠品，真是遠遠凌駕目前這些愈來愈「輕薄」的東西）。只要進出快餐店，就能目睹美國人製造垃圾之多，速度之快，而其環保回收之努力，仍遠遠比不上瑞士、日本甚至台灣吧？

我喜歡美麗的東西，包括美麗的耶誕卡。收到的各式卡片，都妥善收存再分類整理。連包過禮物的多彩包裝紙，也一一收存，因為我拆禮物總是小心謹慎，不像一般老美大剌剌地撕開，再揉成一團丟入垃圾桶，一張美麗的生命馬上告終。我的孩子們都知道我這與眾不同的習慣，也學著不亂撕，將好的交給老媽保存。讀者們會覺得這還了得，哪有地方放那麼多？其實紙類只要排齊壓緊，佔不了多大空間，要用的時候可豐富了，無所不有。我絕少買包裝紙，何況今天的產品，已遠比不上舊時代的品質了。最近更別出心裁自創「環保袋」，即用包裝紙預做成一個袋子，有個袋口可塞入禮物，收到者不用費神地拆，而此袋可繼續留用（類似市面上早就流行的禮物提袋，但有些禮品不適用提袋）。此舉雖是小事，但若人人惜物，多多延長物品的壽命，不知可減少多少垃圾？這個地球村再由不得我們隨興了。

商人無德，為其私利儘量降低品質，縮短壽命，好增加銷售，膨脹營利，顧客被迫忙著購買，忙著消費……結局是商品氾濫，垃圾成災。我懷念舊時代的好東西和舊人心的好品德，期盼製造商和消費者為了人類環境的前景，有扭轉性的因應措施，就是地球人的福音了。

二〇〇八年二月十一日

持戒與超脫

在一次佛學演講中，聽到一句話：「受戒不是增加束縛，而是得到解脫。」當時感到很新鮮，細細去領略，深覺有理。

一般人最怕受到約束，好像能為所欲為，才是最大的快樂。偏偏有無數的法規與人類社會共存，也唯有那些法規，使人類能安然相處，社會井然。國家有法令，個人的生活行為也最好有所規範。即使在最自由的國度裡，也闡明「自由以不妨害他人為限」。這個「限」可是意義重大，不僅不能妨害他人，也用來規範自己。

算來，最嚴重受規範的，可能是佛門子弟。一位出家的比丘，要守兩百五十條戒律，比丘尼更多，許多是一般世俗中人受不了的。慧律法師曾說：「不要毀謗出家人，光是吃齋一項，你們就很難做到！」茹素對一般人來說，幾乎是難以想像的苦刑，更別談禁欲了。

出家人身陷種種戒律的縛捆，好像很「可憐」。其實不然！戒條愈多，愈快活自在呢！因為「戒」使人離欲，使人斷癡。無欲無癡，心淨慧明，永離苦海。而世間的苦，大都是貪癡而來，世人不覺，汲汲追求，所以總在苦樂中打轉，不得超脫。若將貪根癡性斬除，自然清爽自在，一切無所執著，不因「有」喜，不因「無」憂，順時淡然，逆時泰然，心境永安，永遠自在，應是個多美妙的境界呀！說是容易，但有多少人真能領悟？真能做到？難就難在這個有情世界的芸芸眾生對許多人事物都抓得太緊太勞，鬆放不開。若無真正領悟的心戒，光是表面的戒條，也不過以石壓草而已。

許多人的貪性情根與生俱來，極難拔除。但若在日常生活中為自己設下一些戒規，也能有某種程度的超脫：上班的人設下永不遲到早退的律條，就不會讓上司找把柄；在公司裡絕不說他人閒話，就不會有無妄之災。家庭主婦應一切以家為重，不怠忽職責，自然有健康和樂的家庭。每個人都該有某些戒條（＊註），才有某些超脫：不貪看不良節目或雜書，自然心淨不染；不沉入雜亂音響，自然耳根清淨；不飛短流長，則口業清淨；不耽溺於夜生活，應有美好的晨光；不怠惰，勤運動，則身體健康……

持戒是上達美好生活的代價，值得試試，不是嗎？

一九九四年十一月十六日

＊註：一般將生活上的規範稱為「座右銘」，說它們為戒條，是用較嚴肅的態度，才有較好的效果。

敬老

大概是讀人類學系，對舊的人事物特別感興趣。我蠻喜歡和上一代的人交往聊天，有什麼寶貝箴言，就吸入心中當至寶。畢竟他們比我早活了半輩子，見多識廣，所謂「不聽老人言，吃虧在眼前」，能不尊奉他們的提示勸導嗎？

大學時代，曾跟隨系上教授去台灣中部研究平埔族。每到一村落，教授就邀晤當地一些年高德劭的耆老們，交談甚歡，也藉此挖掘歷史。老人，常是我們尋覓的對象。不談學術研究，一般在台灣的日常生活中，老人也挺受尊崇的。在親族團聚中，老人是重心；任何婚宴典禮，年高的長者總被尊奉成主賓。反正在華人社會中，人是愈活愈神氣、愈威風。來到美國，發現不是這麼回事——

這裡是兒童的天堂，愈小愈受到尊重。兒童是未來的主人翁，處處受到呵護讚揚，不能遭譴責欺凌，大人還不能去侵犯他們的自由。反之，這裡的老人倒愈活愈尷尬，處處插不上腳。尤其是女人，極力掩飾年齡，不理滿頭銀髮，還刻意做二、三十歲的打扮，一身粉紅亮麗。沒有人願意老，人人在裝小。只有佯裝年輕，方能配合融入社會的脈搏中。年輕代表活力、有出息，這社會是自由得隨他們亂闖，出錯了再說。喜愛年輕的美國人，也選出了非常年輕的總統，結果，經驗不足的柯林頓政府在國內外的行事談判，處處受挫，不得順遂……人們該懷念起過去的老布希總統，那處理漂亮的中東戰爭和種種的沉穩作風。

畢竟，薑是老的辣！美國人是否該學著尊敬老人了？能愈活愈風光，多好呢！

一九九四年五月十六日

永恆

因教學上的需要，將一些古人字帖拿去影印。當趙松雪的龍飛鳳舞、褚遂良的剛正端凝、柳公權的俊逸挺拔……一一自影印機口徐徐流出時，心中駭了一跳！也霎時感動萬分。從來，從來，沒有見過如此美麗動人、彷彿躍出生命力的影印。這些一千多年前的書法，為何還散發著如許懾人的光芒？

一番整理，想在每張影印上註明書法家是誰，又內容取自何文，居然畏縮得無法下筆。想自己仍不夠穩健的字體，如何與古代的大書法家們並排？於是寧可留白，只對洋學生說，這些是唐朝的書法家們所寫。

高中時代，曾熱衷地摹擬柳公權，可是怎麼寫，都不能很像。現在想想很可笑，他的字美，是流自內心，誠如他所說：「心正，則筆正。」當時年輕，內心沒有一番修鍊，光臨皮毛，如何能像？每位書法家有其不同的字體，正因其不同的心性修養。雖然字體有異，但我感到撐著字跡背後的那股正氣，都秉有讀書人的廉直正義和恬淡適雅，流於字中，自然躍於紙上，恆長地震懾人心。雖然他們的形骸早消殞於一千多年前，而其作品卻世世代代滋潤著後人，感動著後人。恍然悟到，什麼是永恆，什麼是不朽。

人生原短暫得可憐，在浩瀚宇宙中，不過一瞬。如何以有限的血肉之軀，締造永恆的作品、不朽的功德，才是有意義的努力目標啊！

一九九三年九月一日

煙愁

我們這社區，隱在亞城兩大高速公路之間，出外方便，卻林木蓊鬱，居民多是老年人，相當安靜。我算是此區中少數有子女的忙碌主婦，一日進出四、五趟是常事。當我急急趕赴學校或超市時，路旁常有三兩對銀髮夫婦在閒閒散步。每次減速繞過他們時，心中常昇起一陣愧疚，再開得慢，也沒能降低車煙對清新空氣的污染啊！因為將心比心，自己在散步時，也不愛有車輛來往，正享受著清幽，突然來一陣窒鼻的車煙，很掃興的！奈何現代人沒有車誰也無法辦事；沒有車，誰也無法上班。為了謀生，卻不得不污染維生的空氣，是矛盾可笑的。

有誰見過空氣？有誰摸過空氣？它不具任何形態，卻無處不在，重要得關係著萬物的存亡。我們可以暫時沒有電視、沒有電話，甚至沒有電腦，都能苟活，唯獨一刻沒有空氣，真是不能活！為何這數十年來愈演愈烈的工業文明卻嚴重地在污染著這最重要的東西？想來過去的中國人是聰明的，數千年來，謹守著農業社會的傳統，未去衝破自然，掀起工業革命。後者固然使人類在多方面有超脫式的起飛，但代價實在太大了。文明無法開倒車，既然「進步」至此，只得隨緣，直到不能呼吸為止吧？

最近載小女兒去上芭蕾舞課時，常隨身自帶一本《貝多芬傳》去翻看。在流出的幽雅芭蕾舞樂中，咀嚼著貝多芬那心靈的熱誠和悲苦、深沉與高超……他常獨自出外漫步，他愛一棵樹，甚於愛一個人……他如此地摯愛自然，活得和自然不可分。當初他一定萬沒料到兩百年後這純淨自然的空氣已慘遭比樹還不可愛的人類嚴重地污染了，而且每況愈下。

其實，比起五十年後，我們目前的境遇可能還算幸福，至少還有涼風，還有樹，還有鳥語，還有花，太陽仍燦爛，月亮仍皎潔。只要記得忙中撥閒，賞賞自然的風華，吸吸自然的芬香，縱然偶有文明的煙惱，生活還可以是美麗的。

一九九五年二月一日

細水長流

偶而在開車時，會瞥見前面洋人的車尾槓上貼著：「假如你會讀這些字，得感謝你的老師。」平淡的一句話，卻會令人感動！的確，教育是相當神聖的工作。細細諄諄的教誨，點點滴滴的耕耘，經年累月，終於開花結果，成就煥發，當桃李滿天下時，為師者能不感泣涕零嗎？

上個月，應女兒的鋼琴老師之邀，前往聆聽一場青少年的鋼琴表演會，悉此地數位鋼琴教師各派其優秀學生去演出。從七、八歲到十多歲都表演得算不錯。讓我感動的是，其中兩位華裔學生（皆在女兒的鋼琴老師門下）尤其精彩，令全場刮目！其熟練俐落的程度，實在難以想像不過學了短短三年，許是日日苦練凝成的吧？揣想他們不知迎接過多少艱難的挑戰，超脫了多少生澀困厄，歷經過多少勤練與領悟，在良師的慧心指導下，方能臻入這圓融優柔感性的音樂之美的高境界。天賦和努力交織耕耘出如是輝煌的成果，這份投入和收穫，怎不教人額外感動？

這位原籍上海，來自越南的鋼琴教師，門下高徒無數。對於我這尚在啟蒙階段的小女兒，非常有耐心。一些簡易的小曲子，她非常專心仔細而柔美地示範在錄音帶中。女兒在家中一遍遍地放出來聽，我也一次次地領受到她那份可貴的耐心和溫柔。原來能調教出高材生的良師，從出發點就已傾入了全付的專注。原來任何一種不凡的成就，不是一朝一夕可驟得的，常是一刻刻、一天天，鍥而不捨、持續不斷的努力所凝煉而成的吧？就像蓋磚屋，就得一小塊、一小塊地堆砌，終有宏偉的落成。所以不要輕忽了平日的小努力，聚沙成塔，匯水成流呢！

一九九五年五月一日

習慣

有位美國太太開車來看我，常愛走一條迂迴的路。我告訴她一條捷徑，她就是不慣，換不過來。所以我們平常許多作為，一旦養成習慣，就好像被套入了那個模式，很難再跳脫。因此在成為習慣之前，能不先明察慎思嗎？

開車的路線還是小事，不過多花些汽油和時間。可怕的是，一些有害身心的、損人害己的，一旦成了習慣，就是它的奴隸，要超脫就無比艱難了。有人習慣暴飲暴食，有人習慣通宵麻將，有人習慣苛薄他人，有人習慣佔些便宜……一旦入了那個模式，每次做去時，腦子很少會再去思考是非對錯，只能周而復始地在過錯中浮沉……怪不得佛學修行有那麼多戒律啊！

不良的習慣，可以說是我們天天得奮戰的最大敵人。除了聖人，相信我們每個人每天都在奮鬥，總希望今天比昨天健康，今天比昨天更有智慧，更有希望地去過一個更有意義的人生！

二〇〇八年八月十五日

蓮的修行

我們每天在生活，每天也都在學習。不只是學識上，光是待人處世方面，就覺得總是學不完，總是還有差錯。所謂「活到老，學到老」，真說得好！

在紛雜的現代生活中，難免會有挫折，會有衝突，會有煩惱，會有憂思。最簡便的途徑是設法摒棄或逃脫。但許多時候，卻不得不面對。最高明者，可能學會了在動盪中鎮靜，在惡勢中優雅，在困厄中自在，在急難中舒閒。這是什麼？這不就是蓮的精神嗎？提到蓮，常聯想到「出淤泥而不染」。這句話，說來順口簡單，真正去做，不知要耗去多少心力，流乾多少淚水？真個出家容易，在家難呵！

出家的修行，芳潔美好，恰如出谷之幽蘭，孤高吐香。但在混濁世塵中，要能淨潔不染，不知得下多少艱深的功夫，方能活出蓮的幽雅芬潔，出泥淖而不染污？是了，這就是佛法，是廣闊無邊、圓滿殊勝的佛法。所以佛菩薩踩的是蓮花，而不是蘭花。

一九九五年十二月一日

記取好話

上個週末，有幸前往僑教中心，聆聽大專聯合校友會舉辦的座談會。對於「入境如何問俗」，五位受選的傑出校友先後發表了高見，對於縈繞華人心中的異鄉適應情結，有不少抒解。

會後，任大家提出意見，自由討論。印象深刻的是朱剛教授那短短的幾句話。他引述羅家倫先生對大學生的演講，強調做人貴在「價值」，而不只在「價格」。對於目前這急功近利的社會趨向，真是當頭棒喝，發人深省。他提到貝多芬與莎士比亞，他們的偉大就在於那永遠震撼人心的價值，雖然他們在世時都不是高薪階級。對於掙不到高薪的人，這是多美的鼓舞！金錢已被現代人尊捧得至高無上，多少人為它勞碌奔波，粉身碎骨，迷失了人類該努力的正確方向。

接著他又引述羅先生提的：「要創造！不要佔有。」創造是智慧的結晶，佔有是貪欲的呈現，哪一種比較有意義呢？當你想去佔有時，對他方來說，就是損失，自然引起紛爭。而創造毋須妨礙他人，可自由展現潛在的天賦，進而造福人群。唯有創造，帶給人類最大的快樂，而且是恆常的喜悅。假如你的快樂因佔有而來，有得必有失，那種快樂是短暫的。健康的社會，應鼓勵人人施展天賦，而非誘發貪欲，奢靡成風。

返家途中，那七個字，還深深震撼著……

一九九四年七月二十五日

讓子女呼吸

多年前在《世界日報》上曾寫過一篇〈適量的愛〉，當初是領悟到，原來連「愛」都是剛剛好即可，而不是多多益善。近來更深深感到收斂的必要。

子女其實是獨立的個體，他們有其獨立的人格、思考方式及人生觀。身為父母，很容易不知不覺間將子女當成自己的附庸。子女一切所做所為最好都按父母的旨意，無形中增加了子女的心理壓力和痛苦。所以兩代之間找空檔溝通是很重要的。細心的父母可以探察到子女的性向、志趣，只要不是歧途，儘可循循善誘地鼓勵引導。是輔助，不是主宰；是顧問，不是獨裁。這才是真正的愛，真愛是沒有壓迫感的。永遠讓子女不只是「口服」，而是「心服」。子女對父母有發自內心的尊敬，而非惶恐的畏懼。但願沒有一位子女提到「媽媽要我當醫生」或「爸爸要我做律師」，但願人人能「喚起內心的渴望」（林清玄所言），去做自己喜愛的事。

人生苦短，父母子女之間這段緣，何不結得美好些？

一九九五年六月一日

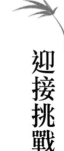

迎接挑戰

常喜歡在車旁放幾本小書，有點空檔就翻翻，也不虛耗等候的時光。那天在車上讀到Reader's Digest中的一句話：「Loving a child doesn't mean giving in to all his whims; to love him is to bring out the best in him, to teach him to love what is difficult.」大致是說：「愛你的子女，不是有求必應，而是要發掘出他們的長處，讓他們學會樂於接受困難的挑戰。」真說得很對！也給了我們教育子女的方針。

遇到困難就退縮，是許多人的天性，尤其是小孩子，一下遇到太難的，很容易想逃避。所以教小孩，要懂得循循善誘，一步步來。但有時得跨一大步時，就需要父母的助力了。記得小女兒剛學琴時，偶而遇到稍難的，就躺在沙發上不動，我得坐到鋼琴前，幫她彈出，然後哄她過來：「看！媽媽這麼笨，都彈得出來，妳怎麼不會？快來試試！」三番兩次之後，她習慣了艱難。後來情況反過來，往往她彈熟的小奏鳴曲，我還在慢慢摸。有些片段不太俐落時，她會過來說：「媽媽！這個很簡單，我彈給您看！」然後小指頭在黑白鍵上溜得飛快……轉眼，她已是無比繁忙的十七歲少女，周旋於學校課業、各種社團、青年交響樂團等繁多活動與繁重壓力，和許許多多高中生一樣，一關關地應付自如，令我們做父母的，在隨侍奔忙之餘，自嘆弗如了。

任何成就，沒有不勞而獲。要爬上山去，也得流汗，但看到的是多麼廣闊無垠的世界。

二〇〇六年一月十六日

雨珠

冬晨，一上午的陰凝。過午，終於撐不住，涔涔地落起雨來。最是不便，在陰溼中得去接學童。夾在長長的車隊中，熄了車燈，止了雨刷，靜候校鈴聲響。忘了帶書，沒有報紙，為打發等待，楞望著車窗上的水珠紛紛……

雨仍落著，在車窗上灑了無數的珠珠，都是圓的，卻圓得不一樣，好像芸芸眾生，各個互異。每顆雨珠，卻不持久，總緩緩下墜，和別顆溶合後，再快速匯成迅流，往下流竄消逝。不斷地有新的雨珠到來，又不斷地有數股迅流往下流逝，好比在看著銀河眾生，不斷地生生滅滅。

人生不也似水如戲嗎？有開鑼，亦有散場。脫去「戲縛」，冷看人世，奔波、勞碌、榮華、落魄，好像虛幻得可笑。從恆久看，人生又短暫得可憐。佛偈的「如露亦如電」，不是虛言，愈活得久，愈感到人世的瞬息。從青春到龍鍾，像是一剎那。獲得哪值得喜?失去更毋須悲，都將遠去……
車窗上的雨珠繽紛，雨淚縱橫，而我看到了一幕幕的人生。

一九九〇年十二月三日

卷五·析

《靜思語》的琉璃世界

「慈濟人文學校」最大的特色是教授證嚴上人的《靜思語》，在此身為老師，自是「遵旨」，一週週、一句句地教下來。學生們都還小，不知他們稚嫩的心靈接受領悟了多少？倒是我自己，還未授寶，已被每一句讀來樸素簡易，卻涵意深長的慧語深深懾住，愈咀嚼而愈甘美，幾可持之永恆而受用無窮，常在內心深處，激盪得「深解義趣，涕泗悲泣」。這是《靜思語》！平淡中的無比撼人力量！

信佛者，都想修心、修行。如何起修呢？周遭熙熙攘攘，謀生又艱難，為人處世日趨繁複紛雜。最難的是，如何在日理萬機的塵忙中，還能修得心澄如水，不為塵惱而污染，不受外緣而激盪。自然我們可讀讀《心經》：「行深般若波羅蜜多時，照見五蘊皆空，度一切苦厄……」對於有大智慧的修行者，這幾句話就夠了，就能使他大澈大悟，豁然開朗，慧光明照，心寂體空……但對一般凡人，實在太玄，極難在日常生活中起用。這時，這些讀來簡易的靜思小語，就如顆顆晶閃的明珠，在我們徬徨凌亂的心海中熠熠發光。一句句，是如此智慧溫柔地將你提昇到做人處世的最高境界，幫你遠離煩惱，助你清淨自在，更進一步鼓勵你散發愛心與慈悲，創造祥和的世界。每一句話，都蘊著永恆的真理。上人以她自身的體驗、領悟與修行，前後密密諄諄地開示了數十篇，涵蓋了數百句靜思慧語。真是：

篇篇慧語含般若，
看似尋常卻不凡！
腳踏實地且行善，
琉璃世界任遨翔。

謹以此文，感恩一切！

二〇〇一年歲末

淺窺徐昭漢君之詩作

《華聲》的文壇愈來愈熱鬧了，提筆者好像愈來愈多，與早期常只有寥寥數人在「撐」的慘澹局面，真不可同日而語。精彩的是，除了通行的散文，還有詩詞點綴其間。詩詞乃文學的精華，是文學造詣的再提昇。眾讀者熟知的淡然女士之詞與夏伯伯的詩，皆精雅練達得臻爐火純青之境，非常人能妄評。侯道鏗、區定祺、劉煥堂等諸君亦頻有佳作，因對他們不熟，未敢置評。獨亞城的「詩壇奇才」徐昭漢先生的詩作，經常引我注目。

緣起於數年前當我稚嫩地試著胡謅數首時，因半竅不通，詩門弄斧，於是錯誤層出，窘態百現，惹得精擅平仄音韻的徐君急得對我又要教、又要改的……數個回合下來，倒是受益良多。只是詩門實在太難闖入，塗抹至今，仍是錯誤迭出。想他是書香門弟，自小受熏，又博覽勤誦的，功力之深厚紮實，豈是凡人能及？細賞他的篇篇詩作，不能不歎服他的才華與功力：其流暢，如行雲流水；其氣魄，豪邁磅礡；其感懷，細膩情濃；其赤純・童趣洋溢。縱觀其詩，活潑淋漓，充滿了動態，與我們作協的副會長——久彌君的寧靜淡泊之詩境，大異其趣。難以置信的是，他這般生龍活虎、瀟灑豪情，竟曾熬過十八年牢獄之災，受盡苦難折磨，再起死回生，而了無滄桑、衰頹，仍是來去如梭、談笑風生的活脫脫好漢！是詩的力量將他撐起麼？他們拘了他十八年的形軀，卻拘不住他的一顆詩心呵！有幸拜讀他的一首寫於中秋的獄中詩：

全家團扇動秋光
桂影婆娑笑語狂
推枕一窗皆不見
鐵欄杆外月如霜

末句猶為淒涼，令人心酸……他的詩好，不僅僅是其音韻、平仄在隨意發揮時都正好「中規中矩」，難得的是，有其獨特的意境！語雖了，而意猶存，常在讀者心中迴盪……此外，可貴的是，他未因年歲增長而世故油滑，其赤子之純，童年之思，不時浮現詩中，如：

金色童年夢最濃
白雲山館碧蔥籠
衹今漂泊江湖冷
猶有童心一點紅

又如：兒時此際最開心、歡笑聲中天地春、當年蟈蟈可能無、笑語喧喧似小童……等句，彷彿多想返老還童啊！

心地赤純者，最念母恩。他的懷母之情，更不時地流入詩中。如一首：

詩情畫意又如何
人海蒼茫風雨多
昨夜夢中聞母喚
荷塘清露月如歌

又如一首獄中詩：

明日欣逢接濟期
蹣跚老母怯來遲
料知今夜西窗下
猶自昏燈細補衣

在其「玉樓春詞下半闋」一文中，也細述了母子情懷，因有詩的牽縈而情更濃……

夜已深，對其詩才，描述不完。謹以此文，感謝他的屈尊賜教！

後記

於梨華女士在其多年前的舊作《又見棕櫚，又見棕櫚》中，曾透過某教授口中提出，中國文壇最欠缺的就是文學批評。放在今日，仍然對極。筆耕的人是相當寂寞的，倒不是他們沒有讀者，而是沒有評論家關心他們作品的好壞，來不斷督促與鼓勵。數年前，我曾試寫了〈細賞雨蓮的《秋詩篇篇》〉，也算是「文學批評」吧？對於昭漢兄，豈敢批評，不過是滿心讚歎。況其詩作，只是他天賦才華的一部份，還有淋漓的國畫與精湛的書法，就非我這粗淺者能攀賞了。

二〇〇一年十一月十六日

藝術家的哲學觀

這回我們藝文社的聚會在地點適中、舒雅方便的天立學苑舉行。當晚因秋雨濛濛，沒有預想的熱鬧場面，約二十來位藝文愛好者，倒交流得頗溫馨。上台「獻演」的節目不多，卻有一場長達兩小時的精彩演講，至深至美，至廣至精，使我們當夜的獲益，無以倫比。我們感謝這位來自中國昆明的名藝術家鍾開天教授，在那掛滿他多幅精湛畫作的大廳中，給了我們對藝術正確的開導和啟示。

他提到高水準的藝術作品是高度主觀的，求神似，不求形似。如中國的寫意畫，是抓住本質，遺貌取神。他在生動的演講中，給了中國畫很高的評價。他說，中國人看畫，著重筆墨，而西洋人較注重形相。猶如我們欣賞平劇，著重唱腔，而非情節，這點很接近藝術。他由藝術，談到雲南的青銅文化，再說到老子哲學，這是中國文化的精髓。老子透過大量之觀察自然而悟道，其哲學可用來一以貫之，用到什麼方面都對，這就是真理吧？老子的「返璞歸真」，在藝術演變史上，也走著這條路。我覺得在人生旅途中，又何嘗不是這條路？於遍嚐酸甜苦辣，歷盡百樣艱辛後，心中開出的境界是「也無風雨也無晴」。但這種「無感」與嬰兒期的「無感」可大不相同。他提到許多中國大畫家在宣紙上的簡單幾筆，不是凡人依樣畫葫蘆能學得來的，因為他們已受過了無數的歷練，不只在技巧上，也在人格修養上。心不美，畫焉能美？誠如柳公權的名句「心正則筆正」，正合上佛家之「萬法唯心，心外無法」。所以要畫畫，先得有高度精神品味，方能有高層次的作品。

「受苦」從不構成藝術創作上的障礙，反而更能琢磨出有深度的作品吧？鍾教授在大陸先後歷經了不少的苦難，從「大躍進」到「文化大革命」，一波又一波，所承受的身心摧折，不是我們平安的這輩所能想像，無怪乎那些懸出來的字畫，如此深撼動人！他除了優厚的國畫根基，還有紮實的西洋素描基礎，難怪其筆下人物皆栩栩如生，在半抽象的國畫線條中，還透著洋畫的立體。於觀賞他的畫作時，可感受到「中學為體，西學為用」的那份合璧美，兼領受到他想表達的那種氣勢、那份情操。

他提出中國畫能產生人格力量，能淨化心靈，像宗教似地，有長久的震撼力量。他這麼說，使我聯想到今春去參觀久彌他們舉辦的一項畫展，場中一幅王楓教授的恬淡山水畫，使我靜觀許久，心中覺得莫名的安寧。事後對他老人家說：「您的畫很耐看呢！」大概就是那種力量吧！

鍾教授只來美國短暫訪問，還要回大陸。他對中華民族有著濃摯的愛，不管祖國多亂，他永遠歸屬於那片河山。當晚唐逑后會長一篇極為感人的演講辭，充滿了民族愛，令他讚賞不已。

他說這麼多，給我們的感受是中國還有希望。我們有全世界最崇高的老子哲學，縱然多災多難，但「不經一夜寒徹骨，焉得梅花撲鼻香？」有朝一日，我們受盡了所有的苦難，新的中國會像梅花般優雅展姿吧？

一九九七年十月十日

論語・春風・大學城

最近喜獲文友劉曼華女士從上海寄來的新書《于丹論語心得》，正好得北上接小女回來度春假，於是暫離雜事不斷的家，攜書出城，好好享讀一番。

來到田州范德畢爾大學小女的宿舍，一番歇息，再隨她去校園餐廳用過晚餐，回到寢室，她忙電腦，我則開始好奇地翻開這本「對岸」的書。雖然簡體字充斥，因近年來打曼華文稿的磨練，已能立時解讀出來，不再對著那些怪字發愣了。

還沒埋入內容，光看封面那簡體字的標題，已令人無限感慨又感動！記得當文化大革命鬧得如火如荼時，二千多年前的孔聖人也無辜遭批鬥，孔廟受毀，善書遭殃……曾幾何時，居然回過頭來敬仰孔夫子，重拾《論語》的珠璣。足見至善的真理永遠經得起時代的考驗，可能一時不幸遭誤解、攻擊、詆毀，終究它的光芒恆在。當烏雲散去，它又能溫暖照拂著人心，指引著迷惑的人們何去何從。地球愈來愈小，人生之道與物質的選擇愈來愈多，人與人的接觸面愈來愈大了，只有仰循聖人的先知哲理，才真能心安、人安、天下安啊！

過去在學生時代，《論語》是被迫要讀，被迫要背的。十三、四歲時，懂什麼人生呢？不過照背就是了，那一條條話，未曾在心中激起什麼漣漪。怎知它的好，就在閱盡世事、歷經坎坷後，才讓你深刻感受到。

當晚，在女兒的小寢室，窗外已黑，我已乏累，只先翻翻對岸的于丹女士以哪些角度來看《論語》。原來于女士是北京師範大學教授、中國古代文學碩士，又是影視學博士，目前是知名影視策劃人兼撰稿人。去年在中央電視台「百家耕耘」連續七天解讀《論語》心得，受到觀眾的熱烈歡迎。她將整部《論語》的道理，解析為七大部門：包括天地人之道、心靈之道、處世之道、君子之道、交友之道、理想之道和人生之道。蠻豐富的，我且一夜安歇，次晨細讀去。

翌日一早，小女去音樂學院上課，我帶了書來到車上。搖下車窗，春陽初上，晨風襲來，微有寒意。綠蔭小道上，三五大學生們來去穿梭，還算寂靜。我在車內，一本書，一本筆記，好奇地細細讀來。這些又熟悉又遙遠的語句，再一一拾回咀嚼，是過去學生時代，未曾留意深思的哲理啊！

于女士是以何種角度切入呢？她認為《論語》傳遞的是一種樸素、溫暖的生活態度，其人格理想是神於天、聖於地，達到與大自然和諧的「天人合一」。孔夫子以莊嚴的內心、平和的態度，言簡意賅地傳授了修心養性之門和做人處世之道。不斷地以君子和小人做對比，來諄諄善導他的弟子們，如何明辨是非，以步上坦蕩蕩、不憂、不惑、不懼的君子之道。其哲理用之於今天這科技時代，依然是鏗鏘有力，毫不落伍啊！在人際關係錯綜複雜，爭名奪利毫厘必取的工商社會中，若有幸遇上坦蕩蕩的君子，會覺無比珍貴舒暢，感到做人當如是，理想社會當如是，無有爭奪驚恐。君子的氣魄，萬里無雲萬里天，春風滿面呵！

孔夫子的理想人格與理想社會，不是高不可攀、永不可及啊！他教導你如何一步步地朝正確的方向去邁進。儒家之路是人道，不是神道，是人人都可以遵循去走的。

漸近耳順之年，人在異域洋邦，才又回首來看這部華人的聖典，額外為我們的古聖先賢感到驕傲。車窗外，微寒的春風拂來，滲入古語裊繞的車內。校園鐘聲叮噹，看看錶，得趕去音樂學院接小女了。這個田納西的早晨，沒白過呵！

二〇〇七年三月三日

語言文學類　PG0258

春語

作　　者 / 藍　晶
責任編輯 / 林世玲
圖文排版 / 鄭維心
封面設計 / 陳佩蓉

發 行 人 / 宋政坤
法律顧問 / 毛國樑　律師
印製出版 / 秀威資訊科技股份有限公司
114台北市內湖區瑞光路76巷65號1樓
電話：+886-2-2796-3638　傳真：+886-2-2796-1377
http://www.showwe.com.tw
劃撥帳號 / 19563868　戶名：秀威資訊科技股份有限公司
讀者服務信箱：service@showwe.com.tw
展售門市 / 國家書店（松江門市）
104台北市中山區松江路209號1樓
電話：+886-2-2518-0207　傳真：+886-2-2518-0778
網路訂購 / 秀威網路書店：http://www.bodbooks.com.tw
國家網路書店：http://www.govbooks.com.tw
圖書經銷 / 紅螞蟻圖書有限公司
台北市114內湖區舊宗路2段121巷19號（紅螞蟻資訊大樓）
電話：+886-2-2795-3656　傳真：+886-2-2795-4100

2009年6月BOD一版
2013年6月BOD四版
定價：230元

國家圖書館出版品預行編目

春語 / 藍晶著. -- 一版. -- 臺北市：秀威資訊科技, 2009. 06
面； 公分. -- (語言文學類；PG0258)
BOD版
ISBN 978-986-221-230-1 (平裝)

855 98007871

讀者回函卡

感謝您購買本書，為提升服務品質，請填妥以下資料，將讀者回函卡直接寄回或傳真本公司，收到您的寶貴意見後，我們會收藏記錄及檢討，謝謝！

如您需要了解本公司最新出版書目、購書優惠或企劃活動，歡迎您上網查詢或下載相關資料：http:// www.showwe.com.tw

您購買的書名：______________________________

出生日期：________年________月________日

學歷：□高中（含）以下　□大專　□研究所（含）以上

職業：□製造業　□金融業　□資訊業　□軍警　□傳播業　□自由業

□服務業　□公務員　□教職　□學生　□家管　□其它_____

購書地點：□網路書店　□實體書店　□書展　□郵購　□贈閱　□其他

您從何得知本書的消息？

□網路書店　□實體書店　□網路搜尋　□電子報　□書訊　□雜誌

□傳播媒體　□親友推薦　□網站推薦　□部落格　□其他__________

您對本書的評價：（請填代號　1.非常滿意　2.滿意　3.尚可　4.再改進）

封面設計____　版面編排____　內容____　文／譯筆____　價格____

讀完書後您覺得：

□很有收穫　□有收穫　□收穫不多　□沒收穫

對我們的建議：______________________________

____

____

____

請貼
郵票

11466
台北市内湖區瑞光路 76 巷 65 號 1 樓
秀威資訊科技股份有限公司　　收
BOD 數位出版事業部

....

（請沿線對折寄回，謝謝！）

姓　　名：＿＿＿＿＿＿＿＿　　年齡：＿＿＿＿　　性別：□女　□男

郵遞區號：□□□□□

地　　址：＿＿＿＿＿＿＿＿＿＿＿＿＿＿＿＿＿＿＿＿

聯絡電話：(日)＿＿＿＿＿＿＿＿＿＿　(夜)＿＿＿＿＿＿＿＿＿＿

E-mail：＿＿＿＿＿＿＿＿＿＿＿＿＿＿＿＿＿＿＿＿